El Regalo del Multimillonario

Libros 1-3
La Navidad de un Multimillonario 1

Por Kimberly Johanson

Published por Kimberly Johanson

© Copyright 2020

ISBN-13: 978-1-64808-001-2

TODOS LOS DERECHOS RESERVADOS. Ninguna parte de esta publicación puede ser reproducida o transmitida de ninguna forma, electrónica o mecánica, incluyendo fotocopias, grabaciones, o por cualquier sistema de almacenamiento o recuperación de información sin el permiso expreso escrito, fechado y firmado de la Autor.

Tabla de Contenido

Tiempo de Día de Gracias Libro 1 4
Capítulo 1 5
Capítulo 2 10
Capítulo 3 16
Capítulo 4 21
Capítulo 5 27
Capítulo 6 33
Capítulo 7 38
Capítulo 8 44
Un Frio de Otoño Libro 2 50
Capítulo 9 51
Capítulo 10 56
Capítulo 11 62
Capítulo 12 68
Capítulo 13 75
Capítulo 14 80
Capítulo 15 86
Capítulo 16 92
Un Festín de Otoño Libro 3 98
Capítulo 17 99
Capítulo 18 104
Capítulo 19 110
Capítulo 20 116
Capítulo 21 122
Capítulo 22 128
Capítulo 23 134
Capítulo 24 140

Descripción

Blaine Vanderbilt, posee una apariencia física atractiva y un corazón amoroso. Él planea interpretar a Santa Clos ante un grupo de niños enfermos durante las vacaciones en su ciudad natal de Houston, Texas.

Blaine ha vivido sus treinta y seis años haciendo cosas no tan buenas mientras hacia su fortuna fundando una cadena al por menor llamada Bargain Bin, Inc. Una compañía que se establece en ciudades pequeñas ofreciendo las mismas cosas que los pequeños negocios a precios muy reducidos ya que obtiene sus suministros de otros países a precios rebajados. Y que también emplea sólo a personas con discapacidad, para pagarles el salario mínimo, explotándolos y además arruinando a las economías locales.

La reciente muerte de su padre hace que medite nuevamente en sus procedimientos para hacer negocios y empieza a buscar una manera de hacer cambios radicales en sus tiendas y también en su vida personal.

Delaney Richards es una enfermera de veintiocho años que desempeña el papel de su pequeño duende. Es una apasionada pelirroja de ojos esmeralda.

Los padres de ella eran dueños de una pequeña tienda de neumáticos en la pequeña ciudad de Lockhart, Texas.

Cuando llegó Bargain Bin a su ciudad, no podían competir con el precio de los neumáticos que vendía la gran tienda y se vieron obligados a cerrar su negocio. Ella tiene que mantener a sus padres con su carrera de enfermería y odia a Blaine. Por los niños en el hospital, ella se lleva bien con él delante de ellos, pero no cree que realmente Delaney Richards haya cambiado su forma de ser.

Aunque ambos sienten una atracción instantánea, Delaney no está dispuesto a permitir que el deseo por ella lo domine. Ella ejerce autodisciplina y no se dejará engañar por los cambios en El, ella piensa que la nueva conducta de Blaine es temporal causada por el deceso de su padre.

Ella pasa casi cada hora del día al lado del hombre, ya que se le ha encomendado la tarea de ayudarlo en sus esfuerzos con los niños en el hospital en donde ella trabaja. Esto ha hecho que ella descubra a un hombre muy diferente al que ella pensaba que era.

Añade una pequeña magia Navideña y tendrás los ingredientes necesarios para un romance de estación en proceso, que no olvidaras pronto…

Tiempo de Día de Gracias Libro 1
La Navidad de un Multimillonario

Por Kimberly Johanson

Capítulo 1

BLAINE

5 de noviembre:
El sonido de los pequeños golpes contra el cofre negro, llena mis oídos y se hunden en mi corazón. Siento como si también estuviera lloviendo dentro de mí. Hoy estamos poniendo mi padre a descansar en el sepulcro contiguo al de mi madre. Ella murió cuando nació Kent, mi hermano menor, un acontecimiento raro hoy en día, pero bastante común hace veinticinco años. No duele ni la mitad de lo que solía doler.

Pero con la muerte de Papá, el dolor va a volver. Hace ya mucho tiempo que nada me ha dolido. Me tomó años endurecerme a mí mismo hasta el punto de ser irrompible. Y en un día, Papá logró romper esa estructura de acero con la que había rodeado mi corazón por completo.

Como un oso grizzli con su enorme puño, la muerte de Papá se estrelló contra la barrera protectora que me había blindado a mí y a mis sentimientos del dolor. Se fue repentinamente. Su ataque al corazón fue fatal y a los cincuenta y siete nos ha dejado a mi hermana menor Kate, a Kent el más joven de nosotros y a mí, solos en este mundo.

Yo soy el más viejo y supongo que los otros van a verme a mí por primera vez en su vida como un modelo a seguir. Nunca he sido lo que Papá llamaría un buen ejemplo para ellos. De hecho, me utilizaba como ejemplo de cómo no deberían ser.

Yo soy un multimillonario a la tierna edad de treinta años. He trabajado en mi pequeño imperio desde que empecé la Universidad. Saqué una maestría en negocios y logré conseguir un grupo de inversionistas con ideas parecidas para que me ayudaran con mi meta.

Con una simple inversión inicial he logrado construir un gran negocio. Mi primera tienda fue un éxito, La Caja de las Baratas es la número uno, en el centro de Houston, mi ciudad natal. Sólo un año y medio después logré juntar el dinero suficiente para abrir otra tienda en Dallas.

Se me ocurrió en ese momento, que, si las tiendas que abría en las grandes ciudades funcionaban tan bien, por qué no intentar abrir una en un pueblo más pequeño, como una ciudad de tamaño mediano.

Así que abrí la siguiente Caja de las Baratas, la número tres, en Lockhart, Texas, una ciudad con una población 13.232. Apenas el tamaño correcto para saber si mi idea funcionaría.

Una por una, mis tiendas asumieron el control del mercado en esa ciudad, justo como pensé que lo harían. Hubo cierta controversia sobre que mi tienda llegaba y arruinaba los negocios de los locales, las pequeñas tiendas que ya estaban establecidas ahí, pero no me importó. Los negocios son los negocios y no hay razón para tomarse nada de forma personal.

EL truco de la caja de las Baratas es que tiene el mejor precio en cualquier producto. Sí, tengo que buscar a fondo por todo el mundo para encontrar los productos más baratos, pero está funcionando. Ahora tengo tiendas en todo Estados Unidos. Todo un logro para un hombre de mi edad.

Papá no estaba encantado con mi manera de hacer negocios ni con la forma en la cómo trato a las mujeres. Me dijo en más de una ocasión que mi corazón era muy frío. Tenía razón... tenía que darle la razón en eso. Si se quiere preservar algo por mucho tiempo, la congelación es la mejor manera de lograrlo.

Un sonido desgarrador vuelve mi mente al asunto en el que debería de estar prestando atención, en vez de huir de la tristeza que me rodea. Mi hermana se recarga a mi lado y envuelve su brazo a mi alrededor mientras llora. "Voy a extrañarlo, Blaine". Juntos, vemos cómo el reluciente ataúd de titanio de mi padre es depositado en el obscuro agujero.

Sin saber bien que decir, veo a mi hermano quien está del otro lado de ella. Como siempre, él me ayuda y me hace gestos para que ponga mi brazo a su rededor y la reconforte.

Imito sus movimientos y digo "Ya, ya Kate. Todo estará bien. Me tienes a mí". Y así de fácil, Kent me hace tomar el lugar de Papá mientras repito lo que me dice, sin pensarlo.

"¿De verdad?" pregunta ella. "¿Lo prometes, Blaine?"

Lanzándole dagas con los ojos a Kent, le digo a mi hermanita "Lo prometo. Lo que sea que necesites, ven a mí. Yo te apoyaré en lo que sea".

Kent sonríe y apunta el pulgar para arriba y yo le muestro el dedo de en medio. Siempre ha sido esa espina en mi costado. El bebé de la familia, el individuo que trata una y otra vez de hacerme ver mis malos modos, como el los llama.

Mis tiendas emplean en su gran mayoría apersonas con discapacidades. Como esas personas están en algún tipo de ayuda del gobierno, no pueden ganar mucho dinero, así que me aseguro de pagarles solo la cantidad necesaria. No quiero arruinarles su ayuda del gobierno.

Kent piensa que soy una persona terrible por hacer tal cosa. Lo llama explotación. Yo lo llamo hacer negocios inteligentes. Sin embargo, puede llamarlo como él quiera, finalmente, él no es el responsable de cómo hago mi dinero.

Esto me lleva a el hecho de que él y mi hermana ganan muy pocos billetes, y los billetes son los que hacen que el mundo gire. Kent es un conductor de camión. Lleva aceite de una ciudad a otra una y otra vez. Hace lo mismo todo el día. Una manera desagradable de ganarse el sustento, si me lo preguntan.

Kate trabaja en una guardería cuidando mocosos malcriados todos los días. Suena como algo sacado de una pesadilla. Papá los ayudaba a pagar las cuentas cuando se quedaban cortos, algo que siempre le aconsejé que no hiciera.

Pero ahora supongo que es momento de ponerme en los zapatos de Papá y ser la cabeza de la familia. Un papel que ni siquiera quería, pero que él dejo abierto, vacío, y con la forma en la que mi hermanita está sosteniéndose de mí, puedo ver que es sumamente necesario.

Capítulo 2

BLAINE

Entrar a la casa de nuestro padre sabiendo que no estará más saludándonos en la puerta, como siempre lo había hecho, es muy extraño. La casa, que es usualmente pequeña y acogedora, se siente vacía. A pesar de que hay las mismas cosas en ella que siempre, se siente vacía sin Papá.
"Odio esto", de queja Kate mientras se deja caer sobre el viejo sofá.
Le pedí a mi padre que me dejara comprarle una casa varias veces, pero él estaba lleno de orgullo y nunca me lo permitió. Le di un Cadillac el año pasado. Fue la primera cosa que acepto de mi parte. Él siempre había querido uno y supongo que, como se lo di para Navidad, dejó de

lado ese tonto orgullo para poder manejar el carro que siempre había deseado tener.
Recuerdo haber sentido una chispa en mi corazón ese día de Navidad, cuando él finalmente aceptó algo de mí. Se sintió bien. Sin embargo, la mayoría de las veces no siento nada, y creo que es mejor así.
"Así que ahora ¿qué hacemos, Blaine?" pregunta Kent mientras abre el refrigerador de Papá. "¿Una Cerveza?" Asiento con la cabeza. El me laza una cerveza fría y Kate levanta la mano para que le pase una también. Los tres nos sentamos y abrimos las cervezas tomando largos tragos. El sonido de nuestros "ahhh" inunda la habitación, haciéndonos sonreír al recordar lo que nuestro padre hacía después de su primer trago al finalizar un largo día en el trabajo.
"Me gustaría saber qué diablos hará La Choza de la Barbacoa ahora que papá no podrá cocinar para ellos. Él era el mejor", dice Kate
"Me pregunto si hay algunas sobras en la nevera de la cocina", dice Kent y se levanta para ver.
Yo no tengo nada de hambre, pero puedo ver que mis hermanos menores necesitan un poco de normalidad para ayudarlos a pasar por esto. "Si no hay, puedo llamar a algún lugar de comida rápida y que vengan a entregarlo". Kent grita desde la cocina, "No, quiero algo de la nevera de Papá". El sonido de botellas y otras cosas siendo arrastradas mientras el busca en el refrigerador me deja saber que está buscando muy a fondo. "Ha! Sí, encontré algo".

"No tienes idea de cuánto tiempo hayan pasado ahí, Kent. No comas nada de eso", grita Kate mientras se pone de pie para inspeccionar la comida que nuestro hermanito está a punto de meterse a la boca.

Me levanto y la sigo, para asegurarme de que el idiota no se coma algo que pueda matarlo. Ya hemos tenido suficientes tragedias.

Kent está sonriendo mientras sostiene la caja con una fecha de hace tres días escrita con rotulador negro en la parte superior de la tapa de espuma de poliestireno blanco. "Hoy es el último día para comerlo. Vamos, es la especialidad de Papá".

"¿Hay frijoles ahí?" le pregunta Kate, mientras asume el control de la búsqueda en la nevera de papá.

Me doy por vencido y agrego: "Si hay ensalada de papas, sácala también. Me gusta la forma en la que la preparaba".

Mientras que Kent pone la carne en un plato y la mete en el microondas, Kate encuentra frijoles y ensalada de papa y los coloca sobre el mueble. "Calienta estos después, por favor".

"Claro", dice y entonces toma otro trago de su cerveza.

"¿Recuerdan la primera vez que nos tomamos las cervezas de Papá?"

"Todavía me arde el trasero", dice con una carcajada.

Kate se ríe mientras pone la ensalada de patata en un recipiente y la coloca sobre la mesa. Puesto que todo el mundo está haciendo algo, siento que yo también necesito ayudar y saco algunos platos, cubiertos y servilletas.

"Ustedes llevaron la peor parte. Yo estaba llorando antes de que él si quiera me pegara, y para cuando empezaron las nalgadas reales, apenas y las sentí, pero eso no me impidió gritar como un alma en pena", dice Kate mientras toma asiento en una de las sillas y yo coloco un plato en frente de ella con una cucharada de ensalada de papas.

"Sin embargo, no lo volvimos a hacer. Una paliza fue suficiente", dice Kent mientras pone el plato humeante lleno de carne sobre la mesa y vuelve por los frijoles.

"No fue la paliza lo que me detuvo. Fue el escuchar como los golpeaba a ustedes, como si los estuvieran matando por lo que habían hecho. Esa fue la última vez que alguno de nosotros fue golpeado", dice, y coloca los últimos dos platos para luego tomar asiento.

"Nunca recibí otra", dice Kate mientras empieza a llenar su plato.

"¡Oye, espera!" le grita Kent. "Tenemos que dar las gracias, Kate".

Ella pone la cucharada de ensalada de papas en el recipiente y asiente con la cabeza. "Tienes razón. Especialmente hoy. No puedo creer que se ha ido. Simplemente no puedo creerlo", dice, y toma la servilleta que le di para limpiar sus ojos.

"Oye, nada de llorar en la mesa, hermanita. Tú sabes las reglas en la casa de Papá. Sólo cosas agradables. Mejor cuéntame sobre tu mejor momento con él".

Ella asiente con la cabeza y toma un trago de su cerveza. "Mi mejor momento con Papá… hay muchos de ellos. No sé si puedo escoger solo uno. sin embargo, creo que uno de los mejores momentos fue cuando nos llevó de pesca".

Kent pone los frijoles en la mesa y se sienta. "Si, pescar con él era increíble". Él estira su brazo, toma nuestras manos y luego me mira. "Es tu turno de hacer esto ahora que se ha ido, Blaine".

"¿Dar las gracias?" Pregunto mientras sacudo la cabeza. "No sé qué diablos decir."

Kate bufa, y supongo que es una especie de risa. "Solo di lo que solía decir Papá. Hazlo, Damien. No creo que la comida estalle en llamas si uno de los discípulos de Satanás reza encima de ella".

Odio que me llame por ese nombre, y ella lo sabe. No es ningún secreto que toda mi familia piensa que soy cruel y que debe ser demoníaco hacer las cosas que hago en el negocio y mi vida personal también. Sin embargo, los insultos es una cosa que generalmente no tolero.

Sin embargo, en esta ocasión creo que es mejor reírme e ignorarla, así que lo hago. "Está bien, Kate. Veamos que se me ocurre. Inclinen la cabeza y cierren los ojos", les digo, y miro para asegurarme de que lo hacen. Entonces me inclino también. "Señor, has ganado a un ángel, nuestro padre se te ha unido hoy. Sabemos que él está seguro y feliz en tus manos. Hemos encontrado este alimento que preparó antes de que nos dejara. Ahora, sabemos que tiene tres días guardado ahí, así que, si pudieras bendecirlo para que ninguno de nosotros se enferme, te lo agradeceríamos".

"Di algo sobre lo que estemos agradecidos, Blaine", susurra Kent.

"Y estamos agradecidos, Señor. No sólo por este alimento sino también por haber tenido a nuestro padre durante el tiempo que nos permitiste tenerlo. Lo extrañaremos. Fue un gran hombre, un hombre gentil, un hombre sabio". De pronto siento un nudo en mi garganta y tengo que parar y aclararla. "Amén".

¡Esa regla de no llorar en la mesa es mucho más difícil de cumplir de lo que pensaba!

Capítulo 3

BLAINE

10 de noviembre:
Apresurándome a prender la lámpara a un lado de mi mesa, me siento y trato de recuperar mi aliento. Al encenderse la luz, iluminando mi cuarto, miro al rededor para asegurarme de que de verdad estoy en mi casa, en mi mansión, y no en mi habitación de la infancia con mi papá sentado en los pies de mi cama, hablándome.

Cada noche desde que enterramos a nuestro padre, he tenido el mismo sueño Papá entra a mi habitación, la que tenía de pequeño, y se sienta a hablarme sobre el bien y el mal.

Me duele la cabeza de toda la información que he tenido que procesar, aunque no es real. También me duele el corazón. No recuerdo nunca haber tenido tantos sentimientos como en estos últimos 5 días.

Es difícil creer que mi padre está más conmigo ahora que cuando estaba vivo, pero eso es lo que siento. Ayer fui a la oficina corporativa, y cuando me encontré a uno de los empleados de la tienda de Houston en la zona de recepción, me detuve a hablar con él. Algo inusual para mí.

Me dijo que le había pedido unas vacaciones con paga a su jefe para poder ir a visitar a su hermano en el hospital. El gerente le dijo que estaba en contra de nuestra política darles tiempo libre pagado a los empleados.

Tuve que llevarlo a mi oficina porque él empezó a llorar, y me encontré sintiéndome terriblemente mal por él. Me dijo que su hermano de diez años había sido diagnosticado con la misma enfermedad que le dio al a esa misma edad. Me explicó como la enfermedad lo cambió, dejándolo paralítico de la cintura para abajo. También le quitó algunas de sus capacidades mentales, y quería estar con su hermano para ayudarlo a entender todo eso.

El joven me dijo cosas que me hicieron ver la vida de una nueva manera. Me dijo que quería decirle a su hermanito como, aún después de la enfermedad, seguía siendo un ser humano funcional, y que él también lo sería. Que caminar y volver a usar el cerebro como antes, no resultaba tan difícil como parecía. Al menos podían seguir viviendo.

Me senté y lo escuché decirme cosas que nunca me había tomado el tiempo para escuchar, y me sorprendí escribiendo una nueva política, permitiendo días libres pagados para ciertas ocasiones. Una de ellas sería la de los empleados que tuvieran miembros de la familia enfrentando problemas de salud.

Antes de dejar mi oficina, hice que me diera el teléfono de sus padres para poder llamarlos. Sin siquiera pensarlo, les dije que yo pagaría el hospital y cualquier cosa que su hijo necesitara para ayudarlo a lidiar con está horrible enfermedad que lo había dañado tanto.

Danny Peterson me dio algo ese día. Me dio una idea respecto al tipo de cosas se enfrentan él y otras personas como él. Sentí como si me hubieran dado un regalo. El don de comprender a otros y ganar cierta empatía… una cosa que me he faltado toda mi vida.

Con las visitas de Papá en mis sueños cada noche, siento que necesito hacer cambios en mi vida. Es como si se me estuviera dando la oportunidad de empezar un nuevo camino. Uno que, hasta ahora, no me había dado cuenta de que existiera.

Volteo a ver el reloj en mi mesita de noche, y veo que son las seis de la mañana. Tomo la rápida decisión de llamar a mis hermanos para ver si quieren desayunar conmigo. Es lo suficientemente temprano para alcanzarlos, antes de que empiecen su día en el trabajo.

Kate contesta en al segundo tono "¿Qué sucede, Blaine?"

"Quiero que tú y Kent desayunen conmigo. Enviaré a mi chofer por ustedes y después de eso los dejaré en sus trabajos, o los dos podrían acompañarme al hospital de niños, si quieren tomarse el día libre. Me gustaría salir con ustedes".

"No puedo darme el lujo de tomarme el día libre, pero suena agradable desayunar contigo. Me alistaré".

"Te daré dinero para cubrir el día que faltes. Vamos, ven conmigo al hospital. No quiero ir solo", insisto, tratando de persuadirla.

"Entonces llamaré para ver si me lo autorizan. Nos vemos pronto".

Luego llamo a Kent. "Oye, ¿qué sucede que me llamas tan temprano?" me contesta.

"Estoy despierto y quiero llevarte a ti y a Kate a desayunar. ¿Crees poder tomarte el día libre? les pagaré el dinero que pierdan si se toman el día libre y vienen conmigo a visitar a un niño enfermo en el hospital".

"Cuenta conmigo", dice sin dudarlo. "¿Dónde quieres que nos veamos?"

"Mi chofer pasará por ustedes, así que prepárate y hazte ver presentable. Quiero que nos veamos bien cuando vayamos al hospital", le digo, y cuelgo.

Con la promesa de un gran día por delante, me levanto de la cama y me siento alegre. Generalmente no me siento así cuando comienzo mis días. Mis planes consisten en generalmente en entrar al internet y asegurare de que estoy comprando los artículos más baratos posibles. Es bueno tener un plan productivo para mi día. Y al entrar al baño pienso en algo más que debería hacer.

Llevarle al hermanito de Danny algún tipo de juguete o algo por el estilo, para hacer su estadía en el hospital un poco más agradable.

Sin embargo, no tengo ni idea de qué le gustaría a un niño de diez años. Tal vez Kate sabrá, ya que ella trabaja con niños. Todo lo que sé es que tengo una energía que

usualmente no tengo. Es extrañamente asombroso y creo que me gusta esta sensación.
Entro a la ducha caliente, y me esfuerzo por calmar mi cerebro. Hay muchos pensamientos moviéndose alrededor de mi cabeza. Pensamientos que no había tenido nunca. Supongo que la muerte de mi padre me tiene pensando en hacer cambios en mi vida. Siento una presión por hacer las cosas de una nueva forma, de una buena forma...
Mientras me lavo el cabello, pienso en cómo están viviendo mi hermano y mi hermana. Por la forma en la que se ganan la vida, con un trabajo honesto, debería de estar más orgulloso de ellos por lo mucho que han madurado. Sin embargo, nunca les digo nada así. En realidad, les digo todo lo contrario y les critico la forma en la que tienen que trabajar para ganarse un solo dólar. Necesito hacerles saber que, no sólo me siento orgulloso de ellos, sino que también estoy aquí para ayudarles a hacer lo que quieran hacer con sus vidas. Cualquier cosa. Me pregunto cómo reaccionarán a eso.
Ellos se refieren a mi dinero a menudo como 'El dinero del diablo'. Por lo tanto, puede que no quieran tener nada que ver con ese dinero.
Sin embargo, con mi cambio de actitud, tal vez podrían pensar de forma diferente. Lo único de lo que estoy seguro ahora, es que necesito su ayuda para averiguar cómo mejorar las cosas. Cómo continuar haciendo dinero, pero sin hacer sufrir a otros mientras lo hago. Espero que pueden averiguar cómo ayudarme.

Capítulo 4

DELANEY

"Necesito tener esa línea PICC, enfermera Richards", me ordena el médico a cargo de la unidad neonatal.
"La tendré lista. No se preocupe. Estoy a punto de comenzar un doble turno, iré al lado opuesto del hospital a ayudar con los niños mayores durante las siguientes 8 horas. Si me necesita para cualquier cosa, sólo llámeme y volveré para acá".
"Bien, gracias. Se lo agradezco", dice, y termina la llamada.

Me dirijo a la pequeña habitación donde una pequeña recién nacida está teniendo problemas para quedarse con nosotros. La pobre bebé nació con un agujero en su corazón que va a tener que ser reparado, para darle una oportunidad de sobrevivir.

Para añadirle aún más preocupaciones a sus problemas, ha desarrollado una infección y tendremos que bombear antibióticos directamente a su pequeño corazón. Su madre y su padre están con ella en el pequeño cuarto oscuro, y los encuentro abrazándose mutuamente.
"Buenos días".
Cuando entro se sueltan y separan la mirada de la pequeña incubadora. "Buenos días", dice su madre.
"¿Cuál es el plan? ¿Ya saben qué harán?"
"Voy a ponerle una inserción de catéter central. No va a ser fácil de ver. Si quisieran bajar a desayunar a la cafetería, este sería un buen momento para hacerlo. Prometo tenerla calmada y tranquila y hacer el procedimiento lo más pronto posible", les digo, mientras me muevo por la habitación juntando todas las cosas que necesito.
"Me quedaré", dice la joven madre. "Si mi bebé está sufriendo, entonces yo también debo hacerlo".
Su marido la abraza y se queda callado. Miro sobre mi hombro y les ofrezco las mismas palabras que les doy a todos los padres de los niños enfermos que cuido. "No hay ninguna razón para ver las cosas de esa manera. Permanecer fuerte es mucho mejor que sufrir junto con ella. De esa manera pueden volver aquí y hacerla sentir su calma, en lugar de que estén molesto después de oír sus gritos".
"Ella tiene razón, cariño", dice su esposo y la lleva fuera de la habitación.
Mirando a la bebé, me siento terrible por su situación. No entiendo por qué les pasan estas cosas a las personas,

mucho menos a los niños. Sé que está medicina la ayudará, y eso me da fuerza para hacer la parte difícil... hacerla llorar.

Al principio, hace cinco años, cuando me convertí en una enfermera pediátrica, las cosas eran muy difíciles para mí. Incluso se me dificultaba darles las vacunas que les impedirían contraer enfermedades horribles. Día a día, poco a poco, llegué a aceptar lo que estaba haciendo por ellos. Un poco de dolor un día que loes evite una terrible enfermedad vale la pena. Y tengo habilidades excepcionales para calmarlos. La bebé se mueve un poco mientras la posiciono para el procedimiento. La puerta se abre y entra otra enfermera para mantenerla en posición. "Hola, Betty. ¿Lista?" Le pregunto mientras se lava las manos y luego se acerca a nosotras. "Supongo. Acabemos con esto. Odio esta parte de nuestros empleos", dice.

Asiento con la cabeza y respiro profundamente, sosteniendo el aliento mientras empujo la aguja dentro del pecho de la bebé y ella grita mientras lo hago. Luego mi mente se bloquea para poder ayudarla sin sentirme terrible por hacerlo.

Tres horas y un par de cafés más tarde, estoy al otro lado del hospital, supervisando a los pacientes del tercer piso. Doy un rápido golpe en la puerta, tomo el archivo de Samuel Peterson que está colgando a un lado de su cama y entro mientras lo reviso. "Buenos días", le digo

mientras entro a la habitación donde un pequeño de 10 años sufre de Meningitis neumocócica. Su agotado padre está sentado a un lado de la cama y otro joven se sienta en una silla de ruedas al otro lado.
"Buenos días", me dice. "Yo soy Danny, el hermano de Sammy. ¿Cómo está?"
"Sus estadísticas están mejorando, lo cual es bueno", le digo mientras miro su archivo. "Estoy aquí para ver sus signos vitales. Si no te importa mi pregunta, Danny, ¿qué pasó que te puso esa silla?"
"Lo mismo que a él", dice, y sopla un trozo de cabello rubio fuera de sus ojos. "Lo único diferente es que mis padres lo llevaron al hospital tres días antes de lo que me llevaron a mí. Todos esperamos que no acabe como yo".
Con un guiño, empiezo a tomar la temperatura de Samuel y escucho a alguien aclararse la garganta atrás de mí.
"¿Podemos pasar?"
"Por supuesto", le dice Danny al visitante. "Hola, Sr. Vanderbilt. Es un placer verlo aquí hoy".
"Ojalá las cosas estuvieran mejor", dice el hombre.
Me doy la vuelta para tomar el medidor de presión sanguínea y me detengo al ver a uno de los hombres más guapos que he visto nunca. Sus ojos marrones claros se detienen en los míos, y ambos permanecemos mudos. Hay un hombre más joven y muy agradable detrás de él y una mujer también. Rápidamente vuelvo a mi tarea y trato de dejar de imaginar al guapetón sin ropa. ¡Niña mala, niña mala! Me repito constantemente.
"Papá, este es el dueño de la compañía La Caja de las Baratas, mi jefe", dice Danny.

¡Oh no! ¡No ese pendejo! Pienso para mis adentros. Es el enemigo mortal de mi familia. Nunca me imaginé que fuera tan atractivo. Sólo he visto unas cuantas fotos de él en el periódico, pero odio a este hombre. Él es la razón por la que mis padres viven en una vivienda pública y tengo que ayudarles a poder pagar las cuentas.
Cuando él abrió una Caja De las Baratas en mi ciudad natal, en Lockhart, Texas, arruinó el negocio mis padres, una llantera pequeña que no pudo contra la injusta competencia. Perdieron su hogar, y en sólo cuestión de tres años, estaban en la ruina.
¡Este hombre es lo más cercano al diablo que existe"
"Le traje un video juego a tu hermano. No tenía ni idea de que estaría durmiendo", dice el malvado hombre.
"Sí, está enfermo de meningitis. Espero que usted esté vacunado", digo, mientras me mantengo ocupada con el pobre muchacho enfermo.
"Todas nuestras vacunas están al día", dice la joven. "Nuestro padre se aseguró de eso. Incluso después de que todos crecimos, todavía mantenía registros y nos llamaba después de que había programado nuestras citas. Murió la semana pasada".
Mi ira se rompe rápidamente al escuchar la noticia.
Volteó a ver a los tres y me doy cuenta de que se parecen mucho. "Lamento oír eso. ¿Su padre, dijo? ¿Padre de los tres?", pregunto.
El guapísimo hombre que arruinó a mi familia asiente con la cabeza, haciendo que su cabello rubio oscuro se mueva alrededor de su bien definida cara de una manera que hace que mis rodillas tiemblen, "Si, somos hermanos.

Soy Blaine, esta es mi hermana Kate y nuestro hermano Kent. Se lo profundo que es ese lazo. Cuando Danny llegó a mi oficina ayer me hizo darme cuenta de lo importante que es tenerlos cerca cuando las cosas se ponen difíciles".

"Sí", dice Danny. "El Sr. Vanderbilt me dio tiempo libre con paga para venir a estar con Sammy. No es un hombre malo, como todo el mundo dice".

Sofoco una risa cuando el hombre malvado arquea sus cejas. "Tengo que hacer muchos cambios. Creo que he sido un hombre malo, pero gracias a la muerte de mi padre y a ti, Danny, creo que he visto una luz".

Lo dudo. Bueno, tal vez es la luz de los fuegos del infierno lo que está viendo

Capítulo 5

BLAINE

No puedo dejar de mirar esos ojos verdes. Son tan oscuros y hermosos... me recuerdan un par de esmeraldas. Su cabello rojo como el fuego está jalado hacia atrás en una cola de caballo y su uniforme verde profundo la hace ver aún más linda.

Entrando a la habitación, me recuesto contra el mueble al que estoy seguro de que tendrá que acercarse para sacar algo para el pobre niño dormido en la cama.

Ella es tan hermosa que debe de estar casada, así que reviso rápidamente sus manos para buscar un anillo, pero no encuentro ninguno. ¡Qué bien! Pienso.

"Y, ¿cuánto tiempo llevas siendo enfermera?" Le pregunto.

Mira sobre su hombro, pero no directamente a mí. "Cinco años". Sus palabras son cortas y tengo la sensación de que me está juzgando.

El sonido de una voz por el megáfono del hospital dice: "Enfermera Richards se le necesita en la unidad neonatal."

La hermosa enfermera mira hacia arriba y suspira, abriendo un poco sus labios rojo rubí mientras lo hace.

"Lamento tener que irme; volveré para terminar de revisarlo u otra enfermera lo hará", dice al alejarse del niño en la cama. Me ve por un segundo y luego se apresura a salir de la habitación.

Me encuentro mirándola mientras se va y deseo en secreto que no la hubieran llamado. Entonces, Kent demanda mi atención mientras él chasquea los dedos delante de mi cara. "La tierra a Blaine".

"¿EH?" Parpadeo y sacudo mi cabeza. Luego miro a Danny y a su padre. "¿Les gustaría venir conmigo a la cafetería por algo de comer? Yo invito."

Danny asiente con la cabeza y su padre hace lo contrario. "Yo me quedo con Sammy. No me gusta dejarlo solo".

Kate le dice: "Sr. Peterson, estaría más que feliz de quedarme con él mientras usted va por algo para comer. Trabajo en una guardería y soy muy buena con los niños. No creo que vaya a despertar pronto, pero si lo hace, llamaré a mi hermano y él le hará saber, ¿de acuerdo?"

"Vamos, papá. No has salido de está habitación desde que lo trajiste", le dice Danny a su padre.

"Vamos, señor Peterson," insiste Kent. "Vi un pay de durazno cuando pasamos por la cafetería camino aquí y

se veía muy bueno. Y vi una de esas máquinas de helado también. Apuesto a que un poco de pay con helado le sentaría muy bien".
El hombre asiente con la cabeza y se pone de pie. "Suena bien", dice y mira a Kate, quien va a tomar su lugar. "¿Me avisarás si sucede algo?"
"Lo prometo", dice mientras le acaricia el hombro.
"Ahora vaya a comer algo, señor Peterson. Es importante que se mantenga fuerte".
Cuando salimos de la habitación, veo a la bonita enfermera hablando con un médico. Sus manos están en sus caderas y parece está irritada con el hombre. Escucho al pasar y la oigo decir, "mira, eso no está bien. Yo estaba con un paciente. No puedes mandarme alertas solo para hablar conmigo. Esto ya fue, Paul. No voy a jugar tus juegos mentales. Soy una mujer con la cabeza bien puesta sobre los hombros. Tu deseas salir con otras mujeres y eso está bien, lo único es que yo no quiero ser una de ellas, quiero ser la única".
Deliberadamente alentó el paso para poder escuchar la conversación. El doctor le dice "Y puede que lo seas, pero debo tener algo con qué comparar para tomar esa decisión".
"Y ahí tienes", dice. "Nosotros simplemente no estamos hechos el uno para el otro, Paul. Por lo tanto, voy a volver a trabajar después de tomar una muy necesaria cuarta taza de café, y tú vas a dejar de hacer travesuras".
"Está bien, Delaney. Pero vas a lamentar terminar conmigo. Ya verás", la amenaza el doctor.

Me retrasó aún más con la esperanza de que me alcance, ya que dijo que iría por café. Ahora tengo algo de información sobre ella, algo para ofrecerle y hacer plática. Sus pasos son suaves pero rápidos mientras camina acercándose mí. La escuchó dar un paso a un lado y doy un paso en esa dirección. Escucho un resoplido y me detengo. Dándome la vuelta, actuó sorprendido. "Oh, lo siento. Pensé que alguien venia atrás de mí y necesitaba pasar. Parece que he conseguido atravesarme en su camino. ¿A dónde vas tan deprisa, enfermera Richards?" Ella entrecierra sus hermosos ojos, y sus largas pestañas casi tocan sus pómulos al hacerlo. "¿Cómo sabe mi nombre?"

"Te llamaron por el radio hace unos momentos", respondo, y pongo mi mano en su codo mientras la muevo hacía adelante y sigo caminando. "Así que, ¿A dónde te diriges?"

"A la cafetería", responde, y mira mi mano en su brazo. "¿Y usted?"

"Al mismo lugar", digo con una sonrisa. "Permíteme invitarte a algo. ¿Cuál es tu preferencia?".

Su tono es cortante mientras me responde, "Café y no gracias. Puedo pagarme mi propio café. No necesito de su caridad, Sr. Vanderbilt".

"Llámame Blaine", le digo, y muevo mi mano de su codo a la parte baja de su espalda mientras damos vuelta en la puerta a la cafetería. "¿Puedo llamarte por tu primer nombre, Delaney?"

Ella se detiene y me mira como si la hubiera llamado una zorra. "¿Cómo diablos sabe usted mi nombre? ¡Eso no lo dijeron por la radio!"
"Mientras caminaba por el pasillo, escuche a un doctor llamarla así. Es un nombre hermoso", le digo mientras la escolto a la máquina de café. Y veo el mueble de pasteles junto a él. "¿Una dona?"
"No, sólo el café y, como dije, yo misma me lo pago".
Ambos nos estiramos para tomar una taza y nuestras manos se tocaron. Ella retira la suya rápidamente, como si la hubiera electrocutado. "¡Dije que yo me lo prepararé!"
"Lo siento", digo con una sonrisa. "Pero yo también quiero uno".
"Oh, bueno, no me di cuenta", dice con una pequeña mirada de vergüenza en su dulce rostro. "Adelante."
"Las damas primero," digo mientras espero a que se prepare el suyo.
Ella toma una taza y la llena y luego hago lo mismo. Ambos alcanzamos el azúcar al mismo tiempo, chocando las manos otra vez. Me río y gruñe. "Parece que seguimos metiéndonos en el camino del otro".
"Me gustaría pensar que pensamos igual, no que nos estorbamos". Tomo el saborizante de crema de calabaza y se lo ofrezco a ella primero. "Le pondré un poco de esto a mi café, ¿tu gustas?"
Ella asiente con la cabeza, pero frunce el ceño. "Estaba a punto de utilizar uno de esos también". Ella sostiene su taza de café humeante y yo vierto un poco en ella y me detengo al mismo tiempo que ella dice: "Eso es

suficiente... oh se detuvo. Está bien, esa es la medida perfecta".

"Pensamos igual", insisto, mientras pongo un palillo agitador en su taza.

"No", dice con firmeza mientras se aleja de mí. Tomo una dona de la caja y la sigo. "Te vi mirándolas y sé que quieres una". Justo cuando llega a la caja pongo un billete de 20$ sobre la barra. "Yo invito".

Ella gruñe, "¡Está bien!"

La mujer que está detrás del mostrador sacude la cabeza.

"Esa no es una forma muy agradable de agradecerle a alguien un gesto amable, enfermera Richards".

"Si usted supiera quién es este hombre lo entendería", dice ella y gira, alejándose de mí.

¿Por qué actúa como si me odiara?

Capítulo 6

DELANEY

Su mano en mi brazo no me frena ni un poco. "Estoy ocupada".
"Lo sé", le escucho decir con su voz sedosa y profunda. Entonces me dirige a una mesa y me sienta en ella sin que yo entienda qué hace. Cuando se desliza a mi lado, me encuentro atrapada entre su fornido cuerpo y la pared. ¡Maldita sea!
"Mire, señor..."
Su dedo toca mis labios y lucho contra el impulso de morderlo. "Blaine. Mi nombre es Blaine, y tienes algo que quieres decirme. Tanto, que te está haciendo actuar un poquito como una loca. Así que, ¿qué es? ¿Qué he hecho para hacer que tengas una opinión instantánea de mí?"

Golpeó mis dedos contra la mesa en un intento de controlas mi irá hacía el hombre que, realmente, no parece entender su propia maldad. "Mire, Blaine. Para decirlo en pocas palabras, su forma de hacer negocios ha dejado un rastro de personas en quiebra. Ha escalado sobre sus cadáveres para llegar a la cima del mundo de los negocios. Yo, por ejemplo, no tengo ningún interés en relacionarme con una persona como usted, y puede llamarme prejuiciosa si quiere".

"Está bien, lo haré", tiene la audacia de responderme. "¡Maldito! Usted arruinó el negocio de neumáticos de mis padres en Lockhart. ¿No recuerda eso? Apuesto que no. Apuesto a que no le importa ni un comino sobre quién pasa para abrir sus tiendas", digo con sofoco mientras tomo un sorbo de mi café para intentar calmarme. Algo de este hombre hace que todas mis alarmas de emergencia se activen.

"Ahora entiendo. Así que ya formaste tu opinión sobre mí. Puedo entenderte mucho mejor ahora. Verás, la comunicación es la clave para cualquier relación feliz", dice con una sonrisa. Una sonrisa muy agradable, por cierto. Casi podría decir que la mejor sonrisa que he visto salir del hombre más odioso que he conocido.

"Genial. Ahora que lo entiende, permítame irme, para que pueda continuar con mi vida". Me detengo y pienso en lo que acaba de decir, por lo que agrego: "Y la palabra relación no tiene ningún lugar en esta conversación."

"Pues, yo creo que si lo tiene. ¿Qué tal si me dejas invitarte a salir a algún lado esta noche? Podría ayudar a compensar lo que mi empresa le ha costado a tu familia.

Y no sé si tus padres te han dicho todo sobre mi negocio, pero siempre ofrezco comprar la mercancía de las tiendas que pierdan a sus clientes".

"Sí, me lo dijeron. Se les ofreció cincuenta mil dólares por su inventario, cuyo valor era más del doble de esa cantidad. Tan amable de su parte, señor Damien", le digo con una sonrisa malvada en los labios.

"¿Damien?" pregunta, y su ceño fruncido me dice que lo han llamado así antes. "No soy el Anticristo. He hecho algunos malos negocios que ahora estoy reconsiderando. Soy un hombre que está deseando remodelar su vida, y ya que mi negocio ha afectado directamente a tu familia, me gustaría mucho que salieras conmigo para poder hablar y ayudarme a ver lo que debo cambiar".

"¿Cambiar?" Pregunto con un gruñido. "Necesita cambiar todo. Cerrar las malditas tiendas. Eso es lo que tiene que hacer".

"Eso es un poco drástico, y honestamente, sería muy grosero de mi parte desemplear a miles de personas de un día para otro. Así que se te agradecerían algunas otras sugerencias, Delaney", dice y su mano se desliza a través de mis hombros para poner su brazo en la parte posterior del asiento.

Hasta la forma en la que huele es cara, y realmente me molesta. "No es mi trabajo educarlo en su ética empresarial. Con su evidente educación en negocios ¿No recibió una clase de ética?"

"Tuve varias", dice con una sonrisa. No puedo creer que pueda simplemente sentarse allí y sonreír. ¡Es muy muy obvio lo que pienso de él!

"Bueno, no aprendió nada de ellas. Cuando abrió sus primeras dos tiendas lo hizo en ciudades enormes que podían manejar ese tipo de competición. Luego decidió tirarle a la yugular de nuestro país, las ciudades de tamaño medio y ahí es donde lo hizo todo mal", le hago saber, ya que parece ajeno al hecho.

"Pero esos lugares son donde mi empresa gana más dinero. Es simplemente tener un buen sentido para los negocios, eso es todo. Sin duda puedes entenderlo, sobre todo si tus padres eran gente de negocios ellos mismos", dice a continuación, y recoge la dona que compró, le quita un pedazo y lo sostiene en frente de mi boca.

"¿Quieres darle una mordida?"

"¿Qué?" Le pregunto y el mete el pedazo a mi boca cuando la abro. Me veo obligada a masticarla y tragarla y estoy tan furiosa por el hecho de que haya invadido mi boca, que ni siquiera resulta gracioso. "No vuelvas a hacer eso otra vez".

"Hacer qué, ¿compartir mi comida contigo?" pregunta, y entonces corta un pedazo para sí mismo y se lo come mientras lo veo con odio, deseando secretamente que se ahogue.

"No, meta comida en mi boca sin mi permiso", lo corrijo y me empiezo a mover para hacerle saber que quiero pararme y que me deje salir de la maldita butaca.

"Necesito volver al trabajo. Está más que consciente de que tengo que regresar y revisar a Samuel Paterson".

"Ah, sí. Claro". Él se para y estira su mano hacía mí, la cual ignoro, escurriéndome fuera de la mesa yo sola. Al salir, lo encuentro justo a mi lado. "Te acompaño de vuelta."

Resoplo, pues no tengo ni idea de qué hacer para deshacerme de este hombre. "Haz lo que quiera. Siempre lo hace, de todos modos".

"No me conoces en lo absoluto. No realmente. Te estoy diciendo que voy a cambiar las cosas. De verdad, y me encantaría conocer a tus padres y tener una visión de cómo puedo mejorar las cosas. Ya sabes, qué debo hacer para arreglarlas".

Me detengo y lo veo con asombro. "Ah, le gustaría eso ¿cierto? ¿Quiere ir a la bonita casa de tres recámaras que tenían antes de que les arruinara el negocio? Porque esa casa ya no existe. La compañía hipotecaria la tomó cuando ellos no pudieron pagarla. Ahora viven en una casa pequeña de 1 dormitorio subsidiada por el gobierno. Estoy segura de que les encantaría que usted pasara a visitarlos. Mi madre podría hacerte un sándwich de queso y darle un frasco de jalea con agua de la llave. ¿Quiere saber por qué?"

Él se encoge de hombros y parece que no lo sabe. "¿Por qué sería?"

"¡Porque ellos son pobres ahora, gracias a usted!"

Me alejo de él rápidamente, mientras permanece inmóvil. Lo dejo con la vista de mi dedo de en medio extendido, y espero que ahora finalmente comprenda lo que opino de él.

Capítulo 7

BLAINE

"Y ella me mostro el dedo y se fue", le confieso a Kent mientras pago la comida de los Peterson.
La cajera me mira y dice: "Generalmente es una mujer muy agradable. No puedo entender qué le pasa a la enfermera Richards. Tal vez es porque está trabajando un doble turno y no ha dormido en bastante tiempo. Todavía le falta 3 horas más para terminar, y finalmente pueda irse a casa a descansar".
"Estoy seguro de que mi hermano solo la irrita", dice Kent. "Él no es exactamente el chico más amable del mundo."
"Pues deberías de mostrarle lo amable que puedes ser", dice la cajera, y señala un poster detrás de ella con una foto de Santa Claus. "Pronto serán las festividades y el hospital siempre le da la bienvenida a las personas que quieran hacer algo lindo por los niños. Tal vez eso le

mostraría al hombre que estás tratando de ser".
"Eres un genio", digo mientras miro su nombre.
"Mildred". Mira su nombre y se ríe. "Tomé prestado este. Mi nombre es Shirley. Pero gracias de todas formas, Señor..."

"Puedes llamarme Blaine. Blaine Vanderbilt", le digo, y su sonrisa se desvanece rápidamente.

"El dueño de la Caja de las Baratas, ¿Verdad?" pregunta.

Asiento con la cabeza y esta vez no me siento tan orgulloso como siempre me he sentido de ser el dueño de la compañía. "Sí. ¿Ha tenido un pasado desagradable a causa de alguna de mis tiendas?"

"Cada artículo que he comprado de allí es la porquería más barata que he tenido, y se rompe casi inmediatamente", dice. "Lo último que compré fue un soporte de televisión que se rompió tan pronto como lo instalé. Había colocado mi nueva televisión, pero no duró ni tres minutos antes de caer al suelo y romperse en mil pedazos", se queja.

Meto la mano a mi bolsillo, saco 1,000 dólares y los pongo sobre la caja. "Siento mucho que te haya sucedido eso".

Ella mira el dinero y sacude la cabeza. "Quédeselo. Si quiere hacerme feliz, cambie la política de devolución que tienen sus tiendas. Es la política más estricta que he visto con la menor cantidad de tiempo para devolver las cosas que uno adquiere".

Sintiéndome un poco abrumado con todo este odio

de los clientes hacia mí, asiento con la cabeza y me volteo para irme. "Ralamente lo siento," susurro.

Kent pone su mano sobre mi hombro y camina conmigo mientras salimos de la cafetería. "Hombre, yo lo siento. Estás aquí para tratar de hacer algo bueno y no has recibido nada más que negativas".

"No me gusta admitirlo, pero me lo merezco. Necesito hacer muchos cambios, Kent. Y necesito tu ayuda y la de Kate para arreglar las cosas. ¿Qué dirías si te pidiera que trabajaras para mí, en vez de conducir un camión? Te asignaría una agradable oficina en la sede corporativa y ganarías mucho más dinero de lo que ganas ahora".

"¿Mucho más?" pregunta, mientras parece considerar mi oferta. "¿De cuántas cifras estamos hablando?"

"Seis o siete, por lo menos. Bonos cuando las ventas aumenten, lo normal que obtiene un consultante de negocios a mayoreo. Qué dices... ¿lo vas a considerar?", le pregunto mientras damos vuelta por el pasillo.

"Si realmente vas a hacer los cambios, lo consideraré. Es hora de que hagas algunos, Blaine. Ya hace demasiado tiempo que vas por un mal camino. Muchas personas han salido lastimadas. Es hora de arreglar las cosas. Eso es lo que papá siempre quiso. Él quería hacer cosas buenas, y que sus hijos hicieran los mismo".

"Yo sé. Siempre que me quedaba el tiempo suficiente para que me regañara, lo hacía con ganas. Me fastidiaba, para ser honesto. Pero ¡que no daría por tenerlo de vuelta y escucharlo regañarme por lo menos una última vez!

Al dar vuelta hacia la habitación de Sammy, noto que Delaney voltea hacia nosotros rápidamente, y luego vuelve la atención a su paciente.

"Se acabaron las horas de visita", dice bastante enojada.

Kate se dirige a nosotros. "Es hora de irnos".

"Volveré mañana", le digo a Danny, y camino hacia él para entregarle un billete de 100 dólares. "Cuídalos bien, hijo. Tu hermanito te necesita". Miro a su padre y me despido con un movimiento de cabeza. "Y también tu papá. Nos vemos mañana. Espero conocer a tu madre, le traeré unas flores".

"Gracias, Sr. Vanderbilt", dice, mientras sonríe felizmente. "Seguro que haré mi mejor esfuerzo. ¡Y más vale que nadie diga nada malo sobre usted mientras yo esté cerca!"

Delaney parece resoplar, y yo me rio. "Gracias, amigo. Eres el mejor", le digo, mientras paso mi mano por su cabello, despeinándolo.

Al darme la vuelta, me encuentro con la encantadora enfermera cara a cara. "Fue hermoso conocerte, enfermera Richards. Nos vemos pronto. Planeo ayudar a esta familia lo más que pueda".

"Es lo más dulce que he escuchado", dice, y noto el sarcasmo en cada palabra. Hasta su mirada es un poco siniestra. ¡Y es a mí al que le dicen diabólico!

Caminando a su alrededor, sigo a mis hermanos fuera de la habitación y escucho sus suaves pasos detrás de mí. Me detiene una mano sobre mi brazo y volteo para mirarla con una sonrisa. "¿Sí, enfermera Richards?"

Ella se asegura de cerrar la puerta y luego su dedo empieza a bailar en frente de mi cara. "Escúcheme, Blaine Vanderbilt. Si piensa que el venir a ver a este chico le hará conseguir una cita conmigo, piénselo dos veces. No me dejaré influenciar por su acto de bondad. Sé muy bien quién y qué ere realmente. Venir aquí y engañar a esta familia con regalos no le hará obtener lo que quiere".

Mi hermana y mi hermano observan sorprendidos mientras ella me sermonea.

Yo tomo su dedo admonitorio y lo mantengo quieto. "No estoy haciendo esto para impresionarte, Delaney. Pero es lindo que creas que dedicaría mi valioso tiempo a hacer todo eso solo para llegar a ti. Me hace pensar en que tendrás una pequeña lucha interna sobre lo que quieres hacer. Tal vez el que yo este tanto tiempo alrededor de ti cause que te asuste el hecho de que puedas enamorarte del verdadero yo".

"Lo único que realmente me asusta es el hecho de que podrías dejar de hacer creer que la gente realmente te importa para conseguir una cita con una chica", responde de forma cortante.

"No, nena. Te equivocas. No estoy buscando una noche con una chica. Si lo estuviera, no me molestaría en hablar contigo. Estarías en una de estas habitaciones de hospital vacías, con los pies sobre tu cabeza, gritando mi nombre si así lo quisiera. Créeme, yo lo sé." Suelto su dedo y ella lo deja caer a su lado mientras me mira.

"Te veré mañana. Espero que llegues a trabajar con una mejor actitud. Escuché a algunos de tus compañeros decir que tuviste que trabajar un doble turno y que has estado despierta toda la noche, así que te pasaré este día por alto. Ahora, si me das tu dirección, haré que te pasen a dejar la cena para que no tengas que preocuparte por eso".

"No quiero ni una sola cosa de su parte, Vanderbilt", dice, pero sus palabras han perdido el tono de rabia.

"Como gustes. Te traeré algo para el desayuno entonces", digo, y giro para marcharme.

"No se moleste", me grita.

"No es molestia en absoluto, enfermera Richards. Nunca sería una molestia el complacerte".

Me gusta su chispa. ¡Creo que podría ser justo lo que necesito en mi vida!

Capítulo 8

DELANEY

El loco egoísta de anchos hombros se va, caminando y balanceándose casualmente. Por alguna razón, mis ojos no pueden dejan de mirarlo. Sus mezclillas azules le tallan extraordinariamente bien, y le hacen lucir sus musculosas piernas que son tan gruesas como troncos de árbol. Cuando me dijo que, si quería una noche con alguien, la tendría, le creí. Un rayo atravesó sus ojos marrones, y me dejo en claro muchas cosas. Su cuerpo se endureció un poco y casi podía oler la testosterona chorreándole por los poros, la misma testosterona que estoy segura ha ahogado a muchas mujeres.

Por lo que he visto en los medios de comunicación, nunca ha tenido una novia seria. Lo he visto vestido muy elegantemente, en eventos importantes y con chicas guapas colgadas de su brazo, pero ninguna de ellas parecía haberle durado más de una noche. Debo admitir que es algo admirable. Me descubro a mí misma volteando sobre mi hombro, en un esfuerzo por verlo una última vez antes de que de vuelta en la esquina. Él se voltea y me descubre. ¡Mierda!

"Hasta mañana", lo oigo decir, y cuando volteo a ver, se ha ido.

¡Gracias a Dios! Ahora, iré a buscar a alguien que cubra mi turno mañana. Significa que tendré que trabajar un doble turno el día siguiente, pero me cambiaré de departamento y no tendré que verlo más. Caminó a la estación de las enfermeras y consulto el horario.

Beth llega detrás de mí y pregunta, "¿Qué necesitas, Delaney?"

"Necesito irme de esta ala del hospital durante toda la siguiente semana. ¿Qué puedes hacer para ayudarme?" Le pregunto a la enfermera que administra nuestros horarios.

"¿Salirte de esta ala? ¿Por qué?", pregunta, mientras ve el horario.

"Hay un tipo que quiere conseguir una cita conmigo. Va a venir, probablemente a diario, para ver a uno de los pacientes que está aquí. Sé que es sólo para conquistarme, así que quiero salir de aquí". Me asomo sobre su hombro y veo que Rhonda está trabajando en la sala de cáncer.

"Ve si ella puede cambiar conmigo, por favor. Tengo que escapar de este hombre".

"Suenas preocupada", dice, mientras me mira. "¿Lo ves como una amenaza?"

"No. No de una forma ilegal". Aparto la mirada y me pregunto cuál es mi verdadero problema, mientras las palabras salen de mi boca sin que lo piense. "Es el hombre más sexy, guapo y rico que he conocido en mi vida. Me temo que mi sensatez se irá por la borda si estoy alrededor de él por demasiado tiempo. Y si a eso le agregas el hecho de que es bastante amable conmigo, es obvio que no podré confiarme a mí misma".

"Eso suena increíble", dice mientras me mira como si estuviera loca. "No suena para nada como un hombre del que deberías de estar escondiéndote".

"Él es el dueño de La Caja de las Baratas, la cadena que arruinó el negocio de mi familia. Él es el enemigo. ¿Ahora me entiendes?", le pregunto mientras toco la pantalla de la computadora para mostrarle que Rhonda está trabajando en los dormitorios. "Iré a verla para preguntarle en persona, claro, si tú estás de acuerdo con el cambio".

"¿Tu enemigo? No muchas personas tienen enemigos, Delaney".

"¿Eso es un sí?" Le pregunto mientras me alejo de ella.

"Supongo. Pero realmente deberías reconsiderar esto y conocer mejor al hombre ese, aunque sea enemigo de tu familia", grita mientras me alejo.

Yo sacudo mi cabeza y le saco el dedo mientras me alejo para encontrar a Rhonda y evitar los encuentros con Blaine Vanderbilt.

La sala de descanso está llena. Hay alimentos puestos sobre una larga mesa a un lado de la habitación que usamos para ocasiones especiales, o para cuando todos traemos comida.

"¡Vaya!, ¿quién cumple años?" Pregunto. "¿Y Dónde está el pastel?"

"¡Mira, Delaney!, ¡crema de langosta!" el portero, Billy, me muestra una charola mientras saca una cucharada llena de una crema que se ve deliciosa. Hay un gran trozo de la langosta en medio de ella. "¡Y tú eres la razón de esta fiesta!".

Se me acerca un practicante y me muestra una tarjeta. Cuando la abro, veo que la comida es un regalo de Blaine Vanderbilt, para "agradecernos" nuestro duro trabajo en el hospital. Mi nombre es el único de la tarjeta. Escribió que yo era una enfermera especial, ya que ayudé a la familia de su amigo en un terrible momento de necesidad.

"¡Esto es el colmo!" Digo, haciendo que todos me vean con las bocas abiertas.

Paul viene detrás de mí y mira la tarjeta por encima de mi hombro. "Vaya, vaya. Parece que alguien está enamorado de ti, Delaney. ¿Cómo sucedió eso tan rápidamente?"

Yo solo volteo a verlo con las manos en la cintura mientras lo apuñalo con la mirada.

"No estoy segura. Supongo que es porque odio al hombre. Todos ustedes disfruten de la comida, yo no probaré ni un bocado de lo que el malvado hombre de La Caja de las Baratas ha enviado. Pero si ustedes quieren comerse la comida del diablo, adelante. Háganlo, sean igual que Eva, que se comió la manzana en el jardín del Edén y se convirtió en su perdición".

"Halloween fue el mes pasado, Delaney", dice una de las enfermeras con las que trabajo mientras me muestra un delicioso pedazo de pastel. "El mal, el diablo y las otras palabras como esas no tienen lugar en noviembre. Es un momento para dar gracias. Ven, prueba algunos de los alimentos, ¡todo está fantástico!"

Me muevo entre la gente y encuentro a la mujer a la que estoy buscando al fondo de la habitación, disfrutando de un gran plato de comida.

"Hola, Rhonda. Oye, me gustaría hablar contigo sobre un cambio de horarios para los próximos días".

"Y eso, ¿por qué?" pregunta, y mientras le da una mordida a un sándwich que parece ser de carne.

"Necesito no estar en está ala hasta que el niño Peterson sea dado de alta. ¿Me puedes ayudar?", pregunto, mientras la veo comer.

Ella asiente con la cabeza y traga antes de responder: "Sólo una cosa. Quiero salir de esa ala hasta después del primero de enero. Odio todo el desastre que se hace cuando el hospital deja que la gente venga a visitar a los pacientes con cáncer durante las vacaciones. Es realmente molesto, y la enfermera a cargo te manda a ayudar a cualquier celebridad que venga a visitar a los niños. Lo odio".

"Trato hecho", digo sin dudarlo. "Prefiero eso a tener que estarme defendiendo de Vanderbilt a diario."

"Tengo que decirte que eres una mujer muy extraña, Delaney. Si ese guapetón estuviera detrás de mí, haría toda especie de trucos para quedármelo".

El olor a pollo asado llega a mi nariz y veo que Paul se ha parado a mi lado, devorando una pata de pollo rostizada a la perfección, mientras dice: "A menos que el hombre esté dispuesto a ponerse sobre una rodilla y jurarle amor eterno a Delaney Richards, no tendrá ni una oportunidad. Vanderbilt se equivocó al pedirle solo una cita. Sí, estoy enterado de todo, Delaney".

¡Fantástico!, ¡ahora seré el hazmerreír del hospital entero!

Un Frio de Otoño Libro 2
La Navidad de un Multimillonario

Por Kimberly Johanson

Capítulo 9

BLAINE

15 de noviembre:
"Hemos revisado tu historial y todo está en orden, Blaine. Puedes empezar tu trabajo de caridad con los niños del hospital hoy mismo", me informa mi secretaria Blanch.
"Muy bien", le respondo por el intercomunicador.
"¿Puedes llamar a Kate y a Kent a sus oficinas y enviarlos para acá?"
"Lo haré, Sr. Vanderbilt. ¿Le gustaría que lleve el servicio de café para su junta?
"Sería muy amable de tu parte".
He estado practicando mis "por favor" y "gracias" lo más frecuentemente posible. Darle la vuelta a la página también significa cambiar la forma en la que regularmente le hablo a la gente. Yo solía pensar que no había ninguna razón para utilizar palabras mágicas en el ambiente de trabajo.
Kate es la que se está encargando de ayudarme con mis modales y mi hostilidad. Kent está a cargo de ayudarme a averiguar qué puedo hacer para hacer mi negocio más justo a las economías locales. Hasta ahora, no hemos llegado a mucho.
La puerta de mi oficina se abre y entran mis hermanos, seguidos del carrito de café lleno de postres para nuestra

junta mañanera. "Buenos días", digo mientras me siento en mi escritorio.
"Es un signo de atención el levantarse y recibir a las personas que entran a tu oficina, Blaine" me dice Kate. Asiento con la cabeza. "Voy a intentar recordarlo".
Ella sacude la cabeza y toma a Kent por el brazo antes de que se puede preparar una taza de café. "¡Un momento! Blaine, necesitas practicar hacer esto. De esa forma se convertirá en un hábito y lo harás automáticamente. Levántate, salúdanos de mano y recíbenos con una sonrisa y palabras amables".
Con un suspiro, me levanto y voy con mi mano extendida a hacer su pequeño ejercicio. Tomo su mano primero. "Buenos días. Te ves linda el día de hoy. Dime, ¿Dormiste bien ayer por la noche?"
Lo único que obtengo ahora es otra negativa con la cabeza, y sus rubios rizos se sacuden por todos lados.
"Blaine, eso es demasiado personal, y la observación sobre mi apariencia podría considerarse coqueta o sexista. Sujétate a lo normal: Buenos días, encantado de verte o algo así. ¿Está bien? Ahora trata de hacerlo mejor con Kent".
Me volteo y veo a Kent esperando con una expresión seria. "¿Cómo le va, Señor?" Pregunto mientras estrecho su mano.
"No muy bien, Sr. Vanderbilt", dice, haciendo que Kate y yo lo veamos con expresiones de confusión. "Estoy intentando darte la oportunidad de interactuar con alguien que no ha tenido un muy buen día, Blaine".

"Oh, ahora veo. Está bien", le digo y doy un paso hacia atrás. "¿Qué sucede, viejo?"
"No le digas viejo," me corrige Kate.
"Bien. ¿Cuál parece ser el problema, imbécil?" Me rio, pero sólo soy yo quien se está riendo.
"Vamos", se queja Kate. "Ponte serio. Observa". Ella se estira para estrechar la mano de Kent. "Buenos días, Sr. Vanderbilt. ¿Cómo va su día?"
"Terrible", dice con una expresión falsa. "Compré una bolsa de herramientas en su tienda hoy, y cuando la abrí, me encontré con que faltaban tres de las herramientas de las que la etiqueta decía que había dentro. Cuando fui al mostrador de servicio al cliente para devolverlo y obtener un reembolso, me dijeron que no hacen devoluciones en electrónica. Les dije que eran herramientas, no electrónica. La señora señaló la única cosa eléctrica en la foto de las herramientas de la bolsa, un desatornillador eléctrico y me sonrió".
Me empiezo a reír y entonces Kent realmente frunce el. "Eso es ridículo", digo mientras me sirvo un café.
"Y realmente me sucedió ayer, Blaine. En la tienda de aquí en la ciudad. Tenemos serios problemas aquí", dice y se prepara un café.
"Deberías de dejar el carrito del café aquí Blanch". le digo "Parece que esta va a una reunión muy larga".
Asintiendo con la cabeza, nos deja, cerrando la puerta detrás de ella. Kate toma un rollo de canela y un jugo de manzana y toma asiento. "Mi consejo es hacer una nueva política de reembolso similar a cualquiera de las otras grandes cadenas de tiendas. Después de hacer eso,

implementaremos un programa de entrenamiento para los empleados de servicio al cliente".

"Eso suena a progreso", afirmo, mientras tomo asiento otra vez. "Y ya he sido autorizado por parte del hospital para hacer trabajo de caridad ahí para las festividades. Hoy voy a comenzar. Así que, ¿puedo contar con ustedes dos para trabajar en la política de reembolso?"

Kent se inclina hacia adelante y dice: "Creo que tenemos que dejar de comprar todo tan jodidamente barato, Blaine".

"Cielos, ese es mi objeto principal. Compro cosas baratas para poder vendérselas más barato que cualquier otra tienda", niego con mi cabeza mientras me inclino hacia atrás en mi silla.

"Bueno, la porquería barata que llega a las tiendas está rota, casi rota o le faltan piezas. Sé que haces que funcione, y los clientes siguen regresando, pero no es justo continuar quitándoles el dinero que les cuesta ganarse para que paguen por la misma cosa una y otra vez", me dice, y me sonríe un poco al final. "¿Qué tal que ese fueras tú?"

"¿Yo?" Pregunto y entrelazo mis dedos detrás de mi cabeza mientras veo hacía arriba. La invasión de Papá en mis sueños no ha disminuido ni un poco. Sus palabras son cada vez más fáciles de recordar cuando me despierto. Algunas de ellas están haciendo su aparición en mi memoria con la sugerencia de Kent. ¿Qué tal que ese fueras tú?

"Ni siquiera tu usas las cosas de tus almacenes, Blaine", dice Kate.

"Me puedo permitir algo mejor", digo, mientras la miro.
"Yo trabajo duro para conseguir lo que tengo".
"Al igual que todo mundo, Blaine", y esas palabras me llegan.
"Saben, debo decirles algo a ambos. Algo que creo que nunca les he dicho. Me siento orgulloso de ustedes dos. Sé que ambos trabajan muy duro. Tal vez aún más ahora que han tomado posiciones de consultores en mi empresa. Sólo quería que lo supieran".
Las miradas que me dan hacen que se me acelere el corazón. ¡Esto de ser amable es genial!

Capítulo 10

DELANEY

"¿Te gusta la gelatina verde más que la roja?" Le pregunto a una niña de trece años que acaba de regresar de su quimioterapia diaria y se ve agotada.
Tiene profundas ojeras bajo sus ojos azules pálidos, y se me rompe el corazón. Estoy intentando mantenerla interesada en algo. Cuando las personas están tan desconectadas de todo como ella lo ha estado la última semana, es que están pensando en darse por vencidos.
"No me importa", susurra mientras me aseguro de acobijarla muy bien.
"Te traeré una de cada una. Las hice en moldes de día de gracias, pavos, calabazas y mazorcas", le digo, mientras

acomodo su almohada y la vuelvo a poner detrás de ella.
"¿Qué opinas sobre eso, Tammy?"
"Creo que me gustaría que me dejaran sola."
La pobre chica sólo tiene a su madre para apoyarla y me temo que eso simplemente no es suficiente. Ella es la primera persona en mi lista si una celebridad decide venir a visitar.
Desde que el último de su cabello se cayó, se convirtió en un fantasma, así que he decidido comprarle una peluca que se parezca al cabello que solía tener y traérsela está tarde. Tal vez eso la animará.
"Te dejaré tomar una siesta y regresaré a la hora del almuerzo con una sorpresa para ti, Tammy".
"¿Por qué?" pregunta con un tono suave.
"Porque te quiero. Eres mi paciente favorito. Eres linda y tranquila. Realmente creo que necesitas una recompensa, así que voy a sorprenderte cada día."
Justo cuando apago la luz para que pueda dormir, la escucho susurrar: "Solo quiero a mi mamá".
Su madre ha estado tan ocupada trabajando, tratando de hacer el dinero suficiente para pagar la cuenta del hospital que es cada vez más grande, que ha tenido muy poco tiempo para estar con ella.
"Lo sé, pequeña", susurro, y me marcho con el corazón destrozado. Deseo con todas mis ganas poder hacer algo para ayudarla.
Tengo que limpiarme una lagrima mientras camino por el corredor hacia la estación de enfermeras para ver quién más sigue en mi lista. "Úsenme en donde más me necesiten", escucho decir en una voz familiar masculina.

Cuando doy la vuelta, lo veo. "¡Tú!"

"¡Hola!", me saluda Blaine Vanderbilt con una enorme sonrisa. Tiene puestos pantalones de bata café oscuros, como si fuera un doctor o algo por el estilo, y un sombrero de vaquero. No sé cómo lo logra, pero aun así se ve increíblemente apuesto.

Su mano se mueve con facilidad hacia la parte baja de mi espalda mientras nos aleja del mostrador de las enfermeras. "¿Qué estás haciendo?" alcanzo a preguntar.

Él mira la enfermera sobre su hombro: "Voy a seguirla a ella en todas sus tareas el día de hoy."

"¡No, no lo hará!" Digo, y trato de detenerme, pero su mano se mueve alrededor de mi codo y de alguna manera se las arregla para mantenerme en movimiento.

"La habitación que sigue es la 536, Delaney. Y deja de ser tan complicada. El Sr. Vanderbilt está aquí para hacer felices a los niños. Pon una sonrisa en tu rostro, enfermera Richards. ¡Esto es para los niños, no se trata de ti!", me dice Sheila, mi jefa.

"Sí, se trata de los niños, Delaney,", dice con una voz baja, suave y profunda. "NO sobre ti. Ahora ya sé dónde has estado escondiéndote de mí. Te extrañé durante mis visitas a Sammy estos días. Él está mucho mejor, ¿sabes?"

"Lo sé. He preguntado por él. Y también escuché que has estado preguntando por mí a diario. ¿Cómo me encontraste? ¿Quién fue la rata que me delató?

"Que dulce que pienses que te acosaría", dice con una risa. "Nadie dijo nada sobre ti. No tenía ni idea que estabas trabajando con los pacientes con cáncer. Sólo fue buena suerte, supongo. Llené un formulario para venir a

visitar a los niños de aquí y ayudar a animar las épocas festivas. Revisaron mis antecedentes y empezaré mi trabajo hoy mismo. Creo que es una coincidencia muy feliz que estés aquí también":
"No le creo," le hago saber. "Estoy segura de que alguien le dijo".
"Paranoica", me dice mientras abre la puerta a la habitación de mi siguiente paciente.
Le doy una mirada de 'Jódete' y paso en frente de él mientras mantiene la puerta abierta. "Hola Terry, ¿cómo estás hoy?" Le pregunto al muchacho de quince años con cáncer etapa tres en la pierna.
Sus ojos van directos hacia Blaine mientras me contesta "No muy bien. Realmente me duele hoy. ¿Me puedes dar más medicinas para el dolor?"
"Hola, Terry", Blaine camina dentro de la habitación y se presenta. "Yo soy Blaine. Estoy aquí para ayudarles a ustedes los niños con el espíritu festivo". El mete su mano a los bolsillos de sus pantalones y saca una paleta de calabaza.
Terry sonríe mientras la toma. "Genial. Pero… ¿y qué sobre esas pastillas para el dolor?"
Blaine me mira y supongo que nota mi ceño fruncido. Este chico pide más medicamentos para el dolor cada día. Toma asiento en la silla del otro lado de la cama. "Así que cuéntame, ¿qué te tiene encerrado aquí?".
Terry vuelve su atención a Blaine mientras me ocupo de checar sus signos vitales. "Estaba nadando al final del verano y sentí un dolor en la pierna. Pensé que era sólo

un calambre, pero no se me quitaba. Cuatro días más tarde, no podía aguantar el dolor y le dije a mis padres."
"¿Te lo mantuviste guardado todo ese tiempo?" Blaine le pregunta.
"Si, no soy un llorón. Soy fuerte. Juego fútbol americano, practico motocross y hasta he hecho paracaidismo. No soy un bebito chillón"-
"¡Ya veo que no!", exclama Blaine! "Entonces, ¿tienes algo en tu pierna?"
"Sí. Una gran bola de células que están creciendo demasiado. Y esta porquería duele. La radiación no está funcionando, y la quimioterapia es terrible", dice Terry. Tengo que intervenir. "Terry, la radiación está funcionando, el tumor se está haciendo más pequeño. Y la quimioterapia es lo que está haciendo que la radiación funcione mejor. Toma tiempo, del mismo modo que tomó tiempo que el tumor creciera".
Terry apunta el dedo hacía a mí y le sonríe a Blaine, "La sexy enfermera pelirroja, es una eterna optimista".
"Es una pelirroja muy sexy, ¿No es así?" pregunta Blaine y me guiña el ojo. "Pero ceo que ella está en lo correcto sobre tu tumor y el tratamiento".
Blaine mira alrededor de la habitación. "No veo ningún tipo de sistema de video juegos aquí. ¿No te gustan los video juegos?"
"Me gustan más las aventuras y las actividades exteriores. Ni siquiera tengo una consola de juegos", dice Terry, mientras abre la paleta y la mete a su boca.
"O por lo menos no por ahora", dice.
"Tengo que tomarte la temperatura", interrumpo.

Él asiente con la cabeza y me mira con tristeza.
Blaine lo mira y pregunta "¿Y si te consiguiera una consola con juegos con Futbol y motocross?"
Terry asiente con entusiasmo.
"¿Me dejarías jugar contigo?"
Otra vez asiente con la cabeza y yo tomo el termómetro de su boca.
"¡Eso sería asombroso! ¿Eres rico o algo así?"
"Tengo un dólar o dos en el Banco. Voy a invitar a la pelirroja a comer mañana para que me ayude a escoger algunas cosas, así que pronto podrás jugar futbol conmigo. ¿Qué te parece eso? Pregunta Blaine mientras a mí se me sube el humo a la cabeza.
¡Está tarado si cree que voy a ir a comer con él!

Capítulo 11

BLAINE

"¿Alguna vez te has visto al espejo cuando estás molesta?" Le pregunto a Delaney, pues está furiosa de tener que almorzar conmigo. La enfermera le dijo que tenía que hacerlo, para que así pudiera acompañarme a comprar los regalos que les daré a algunos de los pacientes.
"Tus mejillas se tornan de un color rosa, y tus ojos verdes brillan como gemas. La forma en la que tu labio inferior está temblando también es perfecta".
"¡Y tú eres exasperante!", dice, mientras presiona el botón del elevador para llevarnos al lobby.

Yo saco mi teléfono y llamo a mi chofer. "Recógenos en la entrada de enfrente. Estamos bajando hacia allá ahora mismo".

"¿Quién nos va a recoger?" pregunta al cruzar los brazos frente a ella.

"Mi chofer". La veo de arriba a abajo mientras me quito el sobrero de vaquero. "Me gusta mucho ese color. El rosa no es un color que le va bien a alguien con tu color de cabello. Creo que es el rosa de tus mejillas lo que hace que lo hagas verse bien".

"¡Deja de mirarme!", dice, haciéndome una cara que solo la hace ver aún más bonita. "¡Y no quiero andar por todos lados en una limusina contigo! Preferiría llevar mi coche."

"En primer lugar, no es una limusina. No tengo ochenta años. Es una Suburban. La traje hoy para que tuviéramos bastante espacio para guardar todas las cosas que les comprare a los niños. Inteligente, ¿no crees?" Le pregunto.

"Bueno, voy a llevarme mi coche de todos modos." El elevador se detiene y ella sale primero, apurados para adelantarse mientras saca sus llaves de la bolsa.

De forma muy casual, estiro mi brazo y tomo sus llaves de su mano y las meto a mi bolsillo. "No, tu irás conmigo. No voy a perder tiempo haciendo que mi chofer maneje despacio para que nos sigas el paso."

"Dame las llaves", dice entre dientes.

Niego con mi cabeza. "Y deja de apretar los dientes. Es terrible para la dentadura. Ahora, dime dónde quieres comer".

"En mi casa. Mi plan era ir a casa para almorzar un emparedado de atún".

Tomando su codo, la dirijo a la puerta y hacia mi chofer, quien está sosteniendo la puerta del coche para nosotros. "Este es el Sr. Green. Sr. Green, ella es Delaney Richards".

"Encantada, señorita", dice, mientras ella se desliza dentro del coche.

"Iremos a comer al lugar de comida china que me gusta", le digo, y luego me meto al carro y me deslizo a su lado.

"Ellos sirven atún".

La cara que hace que casi me hace reír, y luego dice: "Soy alérgica al glutamato mono sódico".

"Bueno", le digo, y presiono el botón en el control que baja el vidrio entre el señor Green y la parte trasera del carro. "En vez de la comida china, iremos a el café de Dillon.

"Por supuesto", dice y luego vuelve a subir la ventanilla. Recostando mi brazo en la parte trasera del asiento, estiro mis piernas. "Has sido un día largo para ti ¿Cierto?".

"Me levanté a las 4 está mañana", contesta y se masajea las sienes. "Pero estoy acostumbrada a eso".

"Yo me levanté a las seis. Sólo un par de horas después de ti. Ahora, quiero saber si hay niños que necesiten un cierto empujón de energía hoy. Sólo conocí a cuatro niños. Calculo hacer felices a unos cuantos niños cada día", le digo y juego con su gruesa cola de cabello.

Su pelo es tan suave y sedoso, apuesto a que se ve hermoso cuando está suelto, cayendo por sus hombros, los cuales estoy seguro de que son el color de porcelana.

Moviendo su mano, ella rápidamente aleja mi mano. "Hay una niña a la cual planeo comprarle una peluca rubia. Está realmente triste. Su madre es todo lo que tiene y la pobre mujer está trabajando horas extras para pagar sus cuentas de hospital, y ni siquiera está alcanzando a cubrirlas. La pobre niña solo quiere que su mamá esté alrededor. Eso es lo único que desea".

"¿Sabes dónde trabaja su madre?" Le pregunto, porque se me ha ocurrido una idea.

"Es mesera en un restaurante llamado Hasselbeck. Está trabajando casi todos los turnos".

Bajo la ventana otra vez. "Una disculpa, Sr. Green. Otro cambio de planes. Llévanos a Hasselbeck".

"Sí, señor", dice, y el vidrio oscuro vuelve a deslizarse hacia arriba.

"Y ¿qué planeas hacer allí?" pregunta, mientras me mira con el ceño fruncido. "No debí haberte dicho donde trabaja. Me podría meter en problemas por eso. Es información confidencial".

"No te preocupes," le digo, y vuelvo a tocar su coleta de caballo. "Ella no se quejará cuando le haga la oferta".

Sus ojos verdes se ven más brillantes. "Y, ¿qué oferta sería esa?"

"Ya verás". Ella mueve su cabello otra vez y suelta un resoplido.

"Me gusta mucho como se siente tu cabello. ¿Qué champú usas?"

"El más barato que venden", contesta. "Les mando todo mi dinero extra a mis padres para que puedan comer":

Como un puñetazo a mi estómago, sus palabras me sacan el aire. "¡Ah! acerca de eso, estoy trabajando en hacer un montón de cambios a mis tiendas. Estoy pensando en incorporar algunos de los negocios que mi tienda cerró. Me gustaría que tus padres tuvieran una junta conmigo y con los dueños de otros negocios. Mi empresa pagará por todo. El vuelo a Houston, el hotel, sus comidas, todo".

"¡Me estás mintiendo!", dice con ojos brillosos. "¡De ninguna manera!"

"Es verdad. Será programado para la primera semana de enero, y las invitaciones serán enviadas en cuanto todo esté arreglado. Voy a cambiar la forma de hacer negocios. Estoy cambiando muchas de las maneras en que hago las cosas, Delaney."

Veo cómo sus ojos cambian, llenos de sorpresa y aceptación a la desconfianza. "Bueno, cuando todo esté más concreto creeré más en ello. Por ahora, son básicamente solo palabras". La forma en la que su boca se tuerce ligeramente hacia arriba, en una media sonrisa, hace que quiera besarla hasta dejarla sin aliento.

Dejo escapar un suspiro y pienso que desearía que ella me deseara de la misma forma en la que yo la deseo a ella, pero es dura como una roca.

"Ya verás. Y solo para que lo sepas, estoy haciendo esto tanto por mí como por el resto del mundo. Soy yo quien decidió hacer estos cambios. Cuando murió mi padre, descubrí algo dentro de mí. Desde que mi madre murió, me cerré al mundo".

"¿Tu madre también está muerta?", pregunta.

"Ella murió hace 25 años, el día que nació mi hermano menor. Me costó mucho trabajo entender a los cinco años porque nunca regresó a casa con nosotros después de que mi papá nos dejó con la abuela para llevar a mamá a tener un bebé. Papá regreso a casa solo, con Kent. Él nos dijo a mí y a Kent, cuando cumplió tres años, que Dios se había llevado a mamá con él. Me hizo odiar a ese señor un poco."

"¿Tu padre?" pregunta.

"No. A Dios.".

Capítulo 12

DELANEY

Tengo que voltear mi cabeza para que Blaine no vea como me lagrimean los ojos. Tragándome el nudo que tengo en la garganta, logro preguntar: "No odias a Dios ahora, ¿o sí?".
Encogiéndose de hombros, me responde "Pues, Papá también está ahí ahora... si realmente es que existe un cielo. Verás, él ha estado viniendo a mí en sueños".
"¿Dios?" Pregunto, mientras me deslizo un poco más lejos de él, porque si este tipo cree que Dios viene a él en sus sueños, puede que sea un poco psicótico.
"No, mi papá", dice, con una sonrisa ligera. "Me ha estado hablando y diciéndome que está bien y que está mal. El realmente trató de hacerme escucharlo cuando

estaba vivo, pero no lo hice. Ahora viene a mi oído cuando estoy dormido y habla y habla y está comenzando a hacer sentido".

"Así que, tal vez realmente estás cambiando. Pero, de nuevo, puede que te conviertas de vuelta en quien siempre has sido dentro de unos años. Ese es el típico proceso de alguien después de perder a un ser amado. Puedes volver a ser el mismo buitre sediento por dinero que has sido toda tu vida en tan solo un año".

"Vaya, eres todo un rayito de sol", dice con voz profunda en un tono sarcástico. "Gracias por las muestras de apoyo".

"Yo no soy una de tus seguidoras, así que no esperes nada de eso de mí." Llegamos al restaurante y paramos en la puerta de entrada.

"Lamento mucho no caerte bien".

"Casualmente, me gustas. Y me gustas mucho. Tu franqueza es refrescante", dice con una sonrisa.

"Tienes que estar bromeando". La puerta se abre y su chofer la mantiene abierta.

Blaine se desliza hacia fuera y me ofrece la mano. La tomo sólo porque el coche es alto y no quiero caer cuando salga de él. Su brazo se extiende alrededor de mi cintura mientras caminamos por la banqueta. Él mira sobre su hombro y dice: "Te traeré algo delicioso, Sr. Green y también un té dulce".

"¡Muchas gracias, señor!", dice su chofer, y parece estar realmente encantado de obtener una desabrida orden de comida rápida mientras nosotros cenamos elegantemente y él tiene que esperar en el coche.

"Invítalo a cenar con nosotros", le digo.
"¿Cómo?", pregunta, deteniéndose.
"Deberías invitarlo a unirse a nosotros", le insisto, y lo veo sonreír. Si, he dejado de tratarlo de usted. Se está ganando mi amistad.
"Oye, Sr. Green", dice girando hacia el chofer. "Estaciona el coche para que puedas entrar y unirte a nosotros, por favor. Te esperaremos aquí".
"Oh, eso es demasiado, Señor", argumenta el hombre mayor. "La comida que me ofrece es más que suficiente".
"Insiste", susurro.
"Debo insistir, Sr. Green. Por favor", dice.
"Bien, señor. Estacionaré el coche y los alcanzaré".
Dejó escapar un suspiro y sonrío. "Muy bien, eso que hiciste es algo muy agradable".
"¿Ves?, eres una buena influencia en mi vida, Delaney", dice, mientras su mano se mueve hacia arriba de mi espalda. "Necesito buenas influencias en mi vida. Yo las tuve toda mi vida, pero simplemente las ignoré. Sin embargo, no planeo ignorarte a ti".
Me encuentro mirándome en sus ojos marrón claro y quiero creerle. "Soy más bien del tipo de persona que le gusta que le demuestren las cosas, Blaine. No caigo solo con las palabras".
Su mano se desliza hasta descansar en mi hombro y me acerca a él susurrando: "Me encantaría demostrártelo, Delaney. Me alegro de que no caigas con las simples palabras. Eres el tipo de mujer que un hombre necesita a su alrededor en forma regular, para mantenerlo en el buen camino".

Y justo en ese momento, me doy cuenta de que me quiere como una madre suplente. Algo que no estoy dispuesta a ser. Pero con la muerte de su padre todavía tan reciente, no pienso armarle un alboroto todavía. El Sr. Green se acerca a nosotros cojeando un poco de su rodilla derecha.

"¿Problemas en la rodilla, Sr. Green?" Le pregunto.

"Pues, un poco. Esta comenzó a molestarme el mes pasado. Probablemente tenga que hacerme un reemplazo de rótula. Mi hermano mayor tuvo que hacerse ese mismo procedimiento hace dos años, cuando tenía mi edad."

Nos dirigimos al restaurante, y el brazo de Blaine todavía está alrededor de mis hombros. Y yo todavía estoy preguntándome cómo voy a evitar enamorarme del guapo hombre que ahora parece tener un alma.

Veo a la madre de Tammy de inmediato, mientras se apresura entre las mesas recogiendo platos vacíos.

La anfitriona nos pregunta si queremos una cabina o una mesa. Blaine responde rápidamente, "Una cabina. Y que esté en la sección de…" él me mira. "¿Cuál es su nombre?".

"Queremos una mesa en la sección de Patsy", aclaro.

"¡Ah! Son sus amigos", dice la recepcionista mientras nos dirige a la mesa.

"Todavía no", dice Blaine. "Pero espero que pronto lo sea. Verá, estoy a punto de intentar robármela.".

"¡Qué romántico!", responde la recepcionista, mirando de forma curiosa el brazo de Blaine a mi alrededor, y frunce el ceño.

"Oh, lo siento. Creo que he entendido mal".
Blaine ríe y yo casi me desmayo cuando sus labios rozan el lado de mi cabeza.
"No, no románticamente. Voy a ofrecerle un trabajo en mi empresa", aclara.
"Ahora lo entiendo. Bueno, ella es una excelente trabajadora", dice, señalándonos una cabina. Obviamente ella hizo caso omiso de mis palabras cuando le dije que quería una mesa.
Blaine me dirige hacia la cabina y se sienta junto a mí, moviéndose tan cerca que nuestras piernas se tocan. Me apoyo contra la pared y él también lo hace, así que nuestros cuerpos permanecen en contacto.
"¿Qué tal un cóctel con almuerzo? No te delataré en el trabajo, Delaney".
"No," digo rápidamente. "No bebo cuando estoy a cargo de la salud de las personas. Es una regla que tengo".
"Sólo estaba probándote", dice con una sonrisa. "Y pasaste".
Patsy se acerca a nosotros y asiente con la cabeza cuando me ve. "Enfermera Richards, ¿cómo está mi hija el día de hoy?"
"Ella está trise", le digo. "Pero creo que he encontrado algo o alguien que puede ayudarle a salir de eso".
Blaine extiende su mano y Patsy la sacude con una expresión confundida. "¿Hola?"
"Hola, soy Blaine Vanderbilt y creo que puedo ayudarle a hacer su vida un poco más sencilla. ¿Cuándo puede tomar un descanso para hablar conmigo?"

"¿Blaine Vanderbilt? ¿El hombre que posee esa cadena de tiendas llamada La Caja de las Baratas?", pregunta.
"Ese soy yo", dice con una sonrisa.
"Lo siento, señor, pero no veo cómo podría hacer mi vida más fácil", dice. "Ahora, ¿qué puedo ofrecerles para beber?"
"Té dulce para todos", dice Blaine. "Y por favor, deme una oportunidad para que le explique mi oferta. Creo que le va a gustar mucho".
Ella lo mira por un momento, y luego a mí. "¿Tu lo recomiendas?"
No quiero recomendarlo. De hecho, no sé qué va a ofrecerle, pero me encuentro asintiendo con la cabeza de todos modos. "Si, lo recomiendo".
"Está bien", dice. "Volveré con sus bebidas, tomaré su orden y luego me tomaré diez minutos para hablar con usted".
"¡Grandioso!" dice Blaine. "No la voy a decepcionar".
Cuando Tammy se aleja, le pregunto: "Así que, ¿qué vas a ofrecerle?"
Su mano se mueve sobre mi pierna y yo casi le pego, hasta que me doy cuenta de que las llaves que tomó en el hospital están en ella. Me muerdo el labio tratando de contener el calor que me provoca su tacto, y despejo mi garganta diciendo, "Oh, mis llaves. Muchas gracias".
"Pensé que podrías quererlas de vuelta. Se me olvidó que las tenía hasta que me senté. Me estaban poniendo incómodo".
Nuestras manos se tocan debajo de la mesa, tomo las llaves y odio la manera en la que mi corazón reacciona.

¡Espero que él no pueda escucharlo!

Capítulo 13

BLAINE

Ella huele a alcohol estéril con un tono mentolado y me está volviendo loco.

"¿Por qué decidisteis ser enfermera, Delaney?"

"Pues, por la necesidad del dinero. La escuela de enfermería ofrecía un programa más corto y la demanda de enfermeras me hizo saber que obtendría un trabajo tan pronto como me graduara", responde, mientras lee el menú. "¿Crees que el filete de pollo frito sea bueno aquí?"

"No tengo ni idea. Debes preguntarle a la camarera, Patsy", digo mirando sobre su hombro al menú. Su cabello huele a manzanas y respiro profundamente. "Tu cabello huele delicioso".

Ella bufa, como si yo le estuviera molestando, y sé que no es de la manera en la que ella está tratando de hacerme pensar. Cuando nuestras manos se tocaron, ella tembló. Eso sólo ocurre cuando encuentras atractiva a la persona a la que tocas. Su cuerpo me está diciendo más de lo que ella cree.

"La imagen en el menú se ve bien, así que ordenaré eso", dice, y luego me da el menú. "Pareces estar mirando el mío en lugar del tuyo, así que aquí tienes".

"Voy a ordenar lo mismo que tú. Suena bien".

"Yo también", dice el Sr. Green. "Gracias por invitarme. Este lugar es bastante agradable y los precios son razonables. Creo que podría traer la Sra. Green a cenar aquí".

"Eso sería muy agradable", dice Delaney sonriendo.

"¿Cuánto tiempo lleva casado?"

"Treinta y siete años. Tenemos tres hijos y cinco nietos. La vida no empezó de una forma sencilla para mí. Tenía diecinueve y estaba en la cárcel cuando conocí a mi esposa. Ella iba a la prisión con un proyecto misionero de parte de su iglesia. Me enamoré de ella desde el momento en el que la vi".

"Que hermoso", dice Delaney, y me mira. "¿Tu lo sabías?"

Niego con mi cabeza. "Nunca me había tomado el tiempo para preguntarle". Dirijo mis ojos hacia el Sr. Green, el hombre que ha sido mi chofer desde el principio. "Lo siento. Es sólo que pensaba en mis empleados como una parte del negocio. Me aseguré de mantener las emociones alejadas de todos los aspectos de mis relaciones comerciales".

"Nunca me escuchará quejarme, Sr. Vanderbilt. Sé que muchos choferes se dejan llevar por los asuntos personales de sus empleadores. Nunca he tenido que preocuparme de eso con usted".

"Bien. Sin embargo, lo siento, y espero que sepas que puedes contar conmigo para lo que necesites. Sé que nunca he sido accesible en el pasado, pero voy a cambiar. Si requieres algo, déjame saber".

Patsy vuelve a la mesa con una sonrisa en el rostro. "Aquí están sus bebidas. ¿Qué van a ordenar para comer?"

"Lo hemos facilitado para ti. Y toma en cuenta que se trata de la última orden que tendrás que tomar si aceptas mi oferta, Patsy", le digo. "Todos queremos el filete de pollo frito".

"Sí que lo simplificó", dice ella y vuelve a la cocina.

"Date prisa", le digo. "No puedo esperar a hablarte de mi oferta". Ella asiente con la cabeza y me resulta difícil creer que no esté emocionada en lo más mínimo.

Delaney me mira y dice, "Puedo ver que no te gusta su calmada actitud, ¿verdad?"

"No, no me gusta nada", digo, mientras la veo caminar lentamente a entregar la orden. "Si yo fuera ella, estaría saltando de emoción por escuchar la oferta. Ella parece algo distraída".

"Seguramente le cuesta creer que puedas ofrecerle algo que la ayude. Su hija está muriendo, Blaine. Lo único que puede hacerla feliz es que el cáncer de su niña se detenga".

"Claro", le digo, puesto que no puedo comprender lo que ella debe sentir en este momento. Perdí a mis padres, pero hacer frente a la pérdida de un hijo, probablemente sería devastador. "Entiendo que no debo esperar mucho. ¿Y sabes qué?"
 Ella sacude la cabeza y me ve. ¿Qué?"
"Eso no importa. No estoy haciendo esto para conseguir grandes reacciones por parte de alguien. Estoy haciendo esto para ayudar. Eso es todo. No necesito nada más. Sólo quiero ayudar donde pueda hacerlo. Gracias por explicármelo, Delaney. Realmente eres un regalo del cielo".
Desvía su mirada y yo tomo su mano debajo de la mesa. Cuando vuelve a verme, tiene ojos vidriosos. "Yo no soy nada de eso", me rebate.
Levantando su mano, beso su dorso. "Sí, lo eres".
Mi atención se distrae cuando Patsy toma una silla y se sienta en el extremo de la mesa.
"Bien. Dime, ¿qué tienes que ofrecerme, señor Vanderbilt?"
No quiero dejar ir la mano de Delaney, pero lo hago al volver mi atención a esta mujer que tiene que dividir su vida entre el hospital y el trabajo.
Mi alma se llena de algo que nunca había experimentado. Ni siquiera sé cómo diablos lo llaman. Tal vez empatía. No lo sé. Lo único que sé, es que duele un poco.
"Patsy, quiero que sepas que no tengo ni idea de lo difícil que son las cosas son para ti en este momento. Sé que no puedo arreglar tu situación o la de tu hija. Sin embargo, puedo darte tiempo para estar con ella. Puedo darte el

dinero que necesitas. Puedo ofrecerte un trabajo que te pagará hasta el último día que puedas hacerlo. Te estoy ofreciendo un trabajo en la sede de mi empresa. Una posición como consultora. El salario es de seis cifras y viene con beneficios de seguro inmediatos. Yo cubriré los copagos personalmente, y tú no tendrás que preocuparte por nada. Podrás estar ahí para tu hija en el momento que ambas más lo necesitan".

Tomo mi cartera y saco 3 mil dólares para colocarlos sobre la mesa, frente a ella. "Se trata de tu primer bono. Si aceptas mi oferta, se te pagará todos los viernes, a partir de este próximo el viernes. ¿Necesitas un minuto para decidir?"

"¿Un minuto?" pregunta. "No, no necesito un minuto".

Sus lágrimas comienzan a fluir por ríos sobre sus pálidas mejillas. Su pelo rubio cuelga en hebras sueltas alrededor de un rostro que estoy seguro fue hermoso antes de que todo esto le sucediera. Tomo una servilleta y limpio sus lágrimas, y entonces se desarma por completo. Delaney me empuja y susurra: "Dale un abrazo".

Levantándome, tiro de la pobre mujer y la abrazo. Con afecto, le susurro: "Voy a tomar eso como un sí."

Ella sólo puede asentir mientras continúa llorando, y yo la mezo mientras rodeo su delgado cuerpo entre mis brazos. Su reacción no es nada como pensé que sería. Imaginaba felicidad, pura alegría, algunos saltos o algo así, pero nada como esto.

No sé qué clase de camino estoy siguiendo, pero sin duda es mucho más emocional de lo que nunca pensé que sería.

Capítulo 14

DELANEY

El día no resultó para nada como yo esperaba una vez que me enteré de que tenía que pasarlo con Blaine Vanderbilt. Verlo repartir los regalos que trajo a los cuatro niños que ha conocido hoy, es más que reconfortante.

La mejor parte es ver a Blaine a medida que algo dentro de él crece con cada interacción. Parece estar cobrando cierta comprensión sobre el espíritu humano. Es como ver a un bebé que comienza a caminar y lo sorprendido y asustado que se pone.

"Voy a dejar que practiques hoy, pero vendré mañana, y traeré mi mejor juego, Terry," le dice Blaine y se levanta de la silla, entregándole una paleta más de calabaza. Se da

vuelta una vez más justo antes de salir. "Oye, amigo, ¿quieres que traiga algo cuando vuelva mañana?" "De ninguna manera", dice el adolescente. "Ya me has dado suficiente, pero te diré que puedes hacer. Hay un chico un poco mayor que yo. Está muy desanimado porque perdió su hermoso cabello rubio. Ve a visitarlo mañana, ¿quieres? Se llama Colby".
"Lo haré", dice Blaine. "Y permíteme decirte que creo que eres un gran tipo. Creo que llegarás lejos en esta vida".
"Si vivo", responde el chico.

Blaine me mira y puedo ver que está molesto con lo que dijo el niño. Niego con la cabeza y le ofrezco mi mano para que venga conmigo. "Es momento de ir a ver a Tammy".
Él asiente con la cabeza. "Adiós, Terry. Nos vemos mañana."
Una vez que estamos fuera de la puerta, Blaine se recuesta en la pared. "¡Mierda! ¡Esto es difícil!"
Todavía tengo su mano y tiro de ella con cuidado. "Vamos, Blaine. Aquí nos tragamos las cosas. Si quieres romperte en pedazos, hazlo lejos de aquí. Mientras estemos aquí, tenemos que ser más que fuertes".
Él se endereza y recobra la fuerza. "Tienes razón. Bien, vamos a ir a visitar Tammy. Espero que le guste la peluca que elegiste. ¿Está su madre aquí?"
"Lo dudo. La enviaste al salón para que se pusiera bellísima, ¿recuerdas? Me imagino que tardará un poco", contesta, y le da un toque rápido a la puerta.

"Tammy, ¿podemos entrar? Tengo un visitante conmigo".
"¡Un momento!" grita.
Esperamos y luego Delaney levanta su mano. "Espera aquí".
Mientras espero, me apoyo sobre la pared otra vez e intento recobrar el ánimo. Pensé que esto sería como un paseo por el parque, algo fácil de hacer. Venir al hospital, repartir algunos regalos y ver a los niños sonreír. Pero la verdad es que no es fácil. Las enormes olas de emociones que te recorren son como un tiro en la oscuridad.
La puerta se abre y Delaney mira alrededor buscándome. "¿Otra vez?", pregunta al verme. "Vamos", me dice extendiendo su mano.
Yo la tomo y tiro de ella hacia el pasillo. "¿Puedes hacerme un favor y darme un abrazo puramente platónico?"
Sus ojos se suavizan y me envuelve en sus brazos. "Sé lo duro que es, pero veo que las cosas están cambiando dentro de ti, Blaine. Y no permitas que esto se te vaya a la cabeza, pero estoy empezando a sentirme orgullosa de ti".
La forma en la que me sostiene me dice que es muy buena haciendo que la gente se sienta mejor. "Tienes un don, Delaney. Realmente sabes cómo ayudar a la gente".
Me deja ir y me dirige una sonrisa.
"Hmm. Ahora veo, tal vez es por eso pusieron en mi camino la opción de convertirme en una enfermera. Tal vez hubo un poco de intervención divina, ¿no crees?".
"Sin duda es así".

El clic-clac de tacones llama mi atención y miro por el pasillo y veo a una señora alta, muy guapa, dirigiéndose hacia nosotros.

"¡Mira nada más!", dice Delaney silbando.

"¿Es Patsy?", pregunto, fijando la mirada.

"Si soy", nos confirma cuando llega a donde estamos. "Gracias por la tan necesaria sesión de mimos, Sr. Vanderbilt. Y el trabajo. Me siento mejor de lo que me he sentido en mucho tiempo".

"Por nada", digo. "Y he de agregar que te ves muy bien"

"Gracias de nuevo", dice con una sonrisa brillante. "Y ahora, a pasar tiempo con mi hija y tratar de frotar un poco de esta actitud nueva, llena de esperanza en ella".

"Diría que tienes suficiente cantidad de entusiasmo para hacer eso", digo, mientras la sigo a la habitación débilmente iluminada.

"¿Mamá?", pregunta a la niña en la cama. Sus ojos tienen unas grandes ojeras debajo de ellos. Tiene un pañuelo azul alrededor de su cabeza para cubrirse, y siento que quiero llorar, pero sé que no puedo hacerlo. Por lo tanto, alargo la mano y tomo la de Delaney.

Ella me mira con comprensión y toma mi mano, deteniéndonos para dejar que ellas puedan tener un momento a solas.

Patsy recorre su mano con pulcras uñas rosas sobre la mejilla de su hija. "Oye, tengo una extraordinaria noticia. Voy a poder estar aquí contigo tanto tiempo como quieras que esté".

"¿Cómo?", pregunta a la niña. "Tienes que trabajar. No te despidieron, ¿o sí?"

Patsy se ríe y voltea a verme.

"No. Renuncié a mi trabajo en el restaurante. Ahora soy una consultora para la cadena de tiendas de la Caja de las Baratas.

"¿Qué?" pregunta la niña de nuevo, asombrada.

"Dígale, Sr. Vanderbilt", pide Patsy.

"Le di a tu madre un trabajo con el que no tendrá que preocuparse por las cuentas. Y tampoco tendrá que ir a trabajar hasta que estés mejor. Ella es toda tuya, Tammy".

Los ojos azules de Tammy se fijan en Delaney. "Tú tienes que ver algo en todo esto, ¿verdad enfermera Richards?"

"Tal vez", responde ella. "Verás, cuándo le dices a alguien lo que realmente quieres, a veces sucede. Deberías hacerlo más a menudo".

Los ojos de Terry se llenan de lágrimas y siento como se anuda de mi estómago cuando dice, "Entonces es mejor que empiece a decir esto: Quiero mejorar. Quiero sentirme sana otra vez. Quiero ir a casa, y ¡quiero que mi cabello crezca otra vez!"

Delaney se ríe y saca la peluca que tenía escondida, batiendo el largo y rubio cabello en el aire. "Bueno, no es tuyo, pero ¿qué te parece este por ahora?"

Ella sólo puede asentir y comienza a llorar. Todo lo que puedo hacer es apartarme y hacer mi mejor esfuerzo por mantenerme fuerte. No puedo salir corriendo de aquí, berreando como un bebé. Pero tampoco confío tanto en mí mismo como para decir una palabra sin que se me salgan todas estas emociones.

Otra enfermera ingresa una cama supletoria en la habitación y me quito de su camino. "Aquí vamos. Me han dicho que al parecer tendremos a mamá de tiempo completo con nosotros ahora. Enfermera Richards, estás oficialmente relevada de tus deberes durante el día. Nos vemos aquí mañana en la mañana Yo las tendré bajo mi atenta mirada durante esta noche".

"Nos vemos en la mañana. Tengan una buena noche, Tammy y Patsy".

"La tendremos ahora", dice Patsy. "Y gracias otra vez, Sr. Vanderbilt".

Asiento con la cabeza y abro la puerta, dejando que Delaney salga delante de mí. En lugar de apresurarse como esperaba que lo hiciera, ella permanece en el pasillo, esperándome. "¿Estás bien, Blaine?".

Sacudiendo mi cabeza y miro hacia abajo mientras camino hacia el ascensor. Todavía no logro tragarme el nudo que me impide hablar. ¡Esto es terrible!

"¿Quieres salir a tomar algo?" me pregunta Delaney, y yo casi me desmayo de la impresión.

Capítulo 15

DELANEY

Asintiendo, Blaine toma mi mano y nos dirigimos a la estación de las enfermeras donde recojo mi cartera y luego caminamos hacia el ascensor. Puedo ver que está molesto y trata de mantenerse fuerte.
Entramos en el ascensor y espero que las puertas se cierren. "Lloraba a diario cuando hice mis pasantías en el hogar de ancianos. Durante tres semanas, salía de aquel lugar y lloraba durante casi una hora los primeros días. Luego, poco a poco, dejé de hacerlo. No es que mi corazón se haya hecho duro ni nada de eso. Simplemente comencé a obtener una mejor comprensión de la vida".
Su laringe se abulta y lo veo tragar en seco. Las puertas del elevador se abren y llegamos a la recepción. "Ven

conmigo. Te recogeré en la mañana también, así que puedes dejar tu coche aquí."

"Puedo tomarme un par de copas, eso no afectará mi capacidad de conducir", le digo y me detengo, al ver que él también se ha detenido en seco.

"No. Yo tengo un chofer. Si quieres tomarte unos tragos conmigo, tienes que hacerlo de esta manera".

Me encuentro un poco sorprendida. Honestamente, pensé que saltaría del gusto en el momento en el que yo le invitara a tomar una copa conmigo, así que pruebo las aguas un poco. "No. Quiero conducir, o no voy".

"Como gustes", me dice. Suelta mi mano y se aleja.

"Estaré en mi coche si cambias de parecer en los próximos dos minutos".

Estoy sorprendida y un poco en shock, y realmente asombrada de encontrarme persiguiéndolo hasta alcanzarlo. "¡Espera!"

Se detiene, pero no gira. "¿Sí?"

"¿Cuál es el problema?", pregunto, logrando colocarme frente a él.

"El problema es que no dejo que mis amigos beban y manejen. Después de lo que compartimos hoy, te considero mi amiga".

"¿De veras?", pregunto y empiezo a caminar hacia atrás cuando el comienza a moverse hacia adelante.

"Sí. Entonces, ¿vamos por esas copas o no?", me pregunta, y me doy cuenta de que estoy jugando en la posición equivocada.

¡Pensé que yo era la que llevaba los estribos aquí!

Su conductor estaciona el auto y abre la puerta mientras estoy allí, parada, mirando a Blaine y tratando de comprender en qué situación me encuentro con él. Pensé que me quería y que haría cualquier cosa para tenerme, pero podría haber estado equivocada. El gesticula y señala el asiento de atrás y me encuentro entrando a su coche. Sin decir una palabra, me acomodo y me pongo el cinturón de seguridad. El entra detrás de mí. "Gracias", dice mientras también se pone su cinturón de seguridad. "Realmente agradezco tu compañía después de este día. No puedo pensar en una mejor persona con quien relajarme después de todo lo que he visto y oído hoy".

"Qué bueno que puedo ayudarte", le digo.

Se ve tenso, y sus ojos tienen un aspecto cansado. Recuerdo esa mirada. Todos la hemos tenido cuando empezamos el entrenamiento para convertirnos en enfermeros. Mi primer turno en la sala terminal casi me mató.

"Se hace más fácil. Sé que es difícil de creer, pero realmente mejora. No estás pensando en desistir ahora, ¿o sí?" Le pregunto mientras ve distraídamente por la ventana.

"Yo no desistiré. Hice un compromiso y voy a mantenerlo. Siempre cumplo mis compromisos. Creo que necesito aprender a dominar estas emociones. Si puedo hacerlo en el negocio, tengo que averiguar cómo hacerlo con los niños enfermos también".

"Creo que es importante sentir las cosas. Y con el tiempo, se pone más fácil. Todavía sientes empatía, pero comprendes, y puedes controlar el llanto, o en su caso, la completa tristeza. Sé que los hombres no lloran", le digo, y rio.

"Los hombres si lloran", dice. "Probablemente sólo debería dejarlo ir y llorar, ¿cierto?".

Mi corazón se detiene cuando escucho su confesión.

Nunca he conocido a un hombre que me dejara ver sus sentimientos reales. No estoy segura de poder manejarlo. Podría ser demasiado para mí.

Veo como se quita el cinturón de seguridad y se hinca delante de mí. Sus manos se mueven hacia arriba, a los lados de mis muslos, mientras me mira. Yo paso mis manos a través de su ondulado cabello rubio y le devuelvo la mirada.

"O podría besarte", digo sin pensarlo.

"Eso también podría ayudar", dice a continuación, y se mueve hasta que nuestros labios están tan cercanos que puedo sentir el calor de su aliento en los míos.

Él espera, con su boca a milímetros de la mía, y luego me doy cuenta de que dije que podría besarlo. ¡Él está esperando que yo tome la iniciativa!

¡No puedo creer que esté a punto de hacer esto!

Mis manos se acercan a su cara, sin pensar en lo que estoy haciendo, y tiro para cerrar la corta distancia entre nosotros, presionando mis labios a los suyos. Su piel se siente suave y flexible, y quiero más.

Siento sus manos moviéndose hacia adelante y hacia atrás a lo largo de mis muslos exteriores, haciendo que se encienda mi calor interno. Ya llegué hasta aquí.... igual puedo avanzar un poco más.

Mi lengua se mueve sobre su labio inferior y él abre su boca. Lentamente, me muevo más allá de sus labios y encuentro la suya. Sus manos suben por mis piernas hasta que sujeta con fuerza mi cintura mientras su boca sigue su viaje en la mía.

No puedo creer que yo haya iniciado esto. Pero maldita sea, ¡me alegro de haberlo hecho!

Cuando tira hacia atrás, lentamente, terminando el beso, me siento respirando más rápidamente que de costumbre.

"Gracias", susurra, con una voz gutural.

"Gracias", digo, sintiendo mi cabeza tan ligera que parece que ya me hubiera tomado varias copas. ¿Quién necesita alcohol cuando el beso del hombre que se pone de rodillas frente a ti te puede intoxicar de esta manera? ¡Y, además, sé que mañana no tendré resaca!

"¿Te ayudó eso?" Pregunto, pasando mi mano debajo de su barbilla mientras él me ve.

Él asiente con la cabeza. "¿Quieres ayudarme un poco más?".

Asiento con la cabeza y siento su boca nuevamente en la mía. Ahora es él quien está tomando el control del beso y desabrochando mi cinturón de seguridad. Terminamos en el suelo, yo encima de él. Siento su virilidad hinchada debajo de mi entrepierna, y me hace humedecerme de deseo.

Este es, por mucho, el hombre que más rápido me ha hecho sentirme tan candente.

Volteándome, me fija bajo de él y aparta sus labios de mi boca sólo un poco para decir:"¿Por qué no nos tomamos esas copas en mi casa y luego nos damos un chapuzón en la piscina interior? Mi cocinero podría prepararnos algo especial para la cena".

"Esa no es una buena idea", digo, con un ronco tono de voz que no recuerdo haber tenido antes.

"¿Por qué es una mala idea?", pregunta, besando mi cuello.

"Creo que ambos sabemos por qué es una mala idea".

"No haré nada que no quieras hacer, Delaney", dice, y mordisquea el lóbulo de mi oreja entre sus dientes, enviando un rayo de puro éxtasis a través de mi cuerpo. El único problema con eso es que creo que sería muy difícil decirle que no a este hombre. No puedo ser esa clase de chica. Una mujer candente que tiene sexo con un hombre junto a la alberca. ¡Apenas lo conozco! Y, además, es el enemigo mortal de mi familia.

¿Qué estoy haciendo?

Capítulo 16

BLAINE

Sabía que no era probable que aceptara mi ofrecimiento de llevarla a mi casa, pero tenía que preguntar. Me levanto y la ayudo a sentarse de nuevo. "Lo siento, tenía que preguntar". Ajusto su cinturón y ella se ve un poco confundida.
Su cola de caballo está desordenada, así que tiro la liga para acomodársela y uso mis manos para peinar un poco su cabello. Se ve muy bien, exactamente como imaginé que se vería.
Ella parpadea rápidamente un par de veces. "Lo siento, no suelo actuar de esa manera".
"No lo lamentes. Puedo ver que no eres una cualquiera. Entonces, ¿a qué bar te gustaría ir?" Le pregunto,

acomodando de nuevo mi cinturón de seguridad. Puedo ver que he logrado alborotarle todas las hormonas, y eso me hace sentirme fantástico.

¡Saltaría de arriba a abajo, si ella no me estuviera viendo! Su cabeza cae de nuevo en el reposacabezas y me mira con sus brillantes ojos verdes. "Realmente nunca actúo así, Blaine. Quiero que lo sepas, y quiero que sepas que no volverá a ocurrir nunca".

"Bueno, eso es una verdadera desgracia. Me gustó mucho y seguramente voy a querer hacer eso y mucho más". Me acerco para acomodarle la blusa y veo que se muestra la mitad de su sujetador. "¡Bonito sujetador!"

Su cabeza gira hacia adelante cuando finalmente se da cuenta de lo que estoy haciendo y me golpea las manos. "¡Oye! ¡Yo puedo hacerlo!"

"¿De dónde sacaste eso?" Le pregunto, mientras se acomoda la ropa.

"¿Qué cosa?", me pregunta.

"El sujetador de encaje rosa. ¿Es de Frederick? Es sexy", digo, y me inclino hacia ella tomando sus manos para detenerla. "Eres sexy".

"¡Vaya! ¡Realmente metí la pata!", dice, mientras me mira con ojos de conejo asustado.

"Puedo ver que estas asustada…"

Antes de que pueda terminar la frase, ella se ríe. "No tengo miedo. ¡Soy bastante inteligente! ¡Eres un hombre rico, muy rico, y el enemigo jurado de mi familia! ¡No puedo acostarme contigo!"

"¿Enemigo jurado? ¿Bueno, eso no es agradable, ¿o sí? Pero tengo un plan que resolverá ese asuntito por

completo. No me gusta ser el enemigo jurado de ninguna persona. Nunca fue mi intención hacerlo cuando empecé mi negocio. ¿Y qué es esto de acostarse conmigo?"
Me detengo a esperar su respuesta y sonrío cuando sus mejillas se ponen casi tan rojas como su pelo.
"No actúes como si esa no fuera tu intención", me dice. "Me pediste que viniera a tu casa. Sabías lo que querías. Simplemente estoy diciéndolo en voz alta".
"Creo haber dicho que no haría nada que no quisieras. No recuerdo haberte pedido que te quedaras a dormir. Me parece que tu mente interna está tratando de decirte que hay algo que quieres hacer. Si es así, necesito que sepas que apoyo absolutamente esa idea. Puedes quedarte a dormir si quieres. Te puedo prestar una camiseta, o mejor aún, puede dormir desnuda. Creo que esa es una idea aún mejor. ¿Debo decirle al Sr. Green que nos lleve a casa entonces?"
"Me estás mareando con todo tu intelecto, Blaine. Vamos a ir a ese club de allí, el que está todo iluminado. No vamos a ir a tu casa a nadar, comer ni tener relaciones sexuales", dice, y hace gestos para que baje la ventana e indicarle a mi chofer que queremos detenernos aquí. Bajo la ventana y le digo a mi chofer "¿Puedes dejarnos en el club, Sr. Green? Te esperaremos ahí mientras llevas a tu esposa a cenar. Un regalo de mi parte". Se me ocurrió ese plan de repente. así la tendré solo para mi durante las próximas dos horas, por lo menos.
"Que amable de su parte, señor presidente. ¡Muchas gracias!", dice, y vuelve a subir la ventana.

"Eso le tomará un par de horas, Blaine. Yo accedí a una bebida o dos", discute ella.
"Pues, no pretendo hacer que las bebas de inmediato, Delaney. Podemos bailar, hablar, besarnos un poco más. Hay más cosas que hacer que solo beber en este tipo de lugares".
"No podemos besarnos nunca más. Eso fue un error", dice, mientras nos detenemos enfrente del club.
Tomando su mano, salgo del auto y voy hacia mi chofer, deslizando un par de cientos de dólares en su mano.
"Danos al menos dos horas, por favor".
Él asiente y sonríe. "Me gusta verlos a ustedes dos juntos. Se equilibran muy bien entre sí. La Sra. Green va a querer conocerte, enfermera Richards. La traeré conmigo cuando vuelva a recogerlos".
"Eso suena agradable, Sr. Green", dice ella antes de que yo la jale hacia la puerta de donde sale la música a todo volumen.
""Me siento extraña trayendo mi uniforme", dice mientras nos adentramos en el club.
"Mañana podemos ir a casa primero para que te cambies y luego salir, si quieres".
Ella me mira de forma divertida mientras le pago la entrada al chico de la puerta y él nos coloca los sellos en las manos. Luego nos adentramos en la multitud de personas. Su mano aprieta la mía mientras el mar de gente nos hace permanecer juntos. Me doy cuenta de que jalarla de esta manera nos va a tomar demasiado tiempo, así que la pongo frente a mí mientras bailo con ella en mis brazos.

La mirada de sorpresa en su cara no tiene precio, y cuando se da cuenta de lo que estoy haciendo, coloca sus brazos alrededor de mi cuello. "Eres muy inteligente", se ríe.

"Lo sé", confieso, y beso la punta de su nariz. "Y tu eres muy hermosa".

"Lo sé", dice sin vacilación. Es bastante obvio que ella sabe lo hermosa es. Sabe que es inteligente y talentosa. No tiene una sola molécula de inseguridad en su cuerpo, y su dulce, amable y generosa alma reúne todo lo que es Delaney Richards en un pequeño y sexi paquete.

Levantándola cuando llego al borde exterior de la pista de baile, la llevo cargada hasta el bar mientras ella me sonríe.

"¿Que vas a beber, hermosa?".

"Pediré lo mismo que tu pidas", dice, y pongo sus pies en el suelo.

Presionando mis labios a su oído, le digo, "Aquí no sirven lo que realmente quiero".

Ella sacude su cabeza y se ríe. "Te entiendo. Beberé un gin tonic".

Moviendo mi dedo en el bar hacia la tierna joven que no puede mantener sus ojos lejos de mí, le pregunto:

"¿Haces un buen gin tonic?"

"Yo puedo hacerte cualquier cosa, y será buena, guapo", dice, y veo las mejillas de mi pelirroja subir de tono. Sin embargo, se contiene, así que decido presionar las cosas un poco más.

"Oye, cariño, puedes decirme, ¿cuál es tu especialidad?"

La camarera, la cual puedo decir que es una mujer verdaderamente fácil, rápidamente contesta, "Mi especialidad es el martillo con bolas. Puedo darte placer con ellos durante horas", confiesa, y se ríe agudamente. Luego pone dos dedos en su boca haciendo una mueca y agrega: "Oh, seguramente tú te referías a las bebidas, ¿no?"

Apenas y veo a Delaney de reojo, como estira su cuello y luego se inclina sobre la barra.

"¡Oye, mi estimada! Vete con cuidado. ¡Supongo que no te has dado cuenta de que él está conmigo!"

"¿Y qué con eso?" dice la pobre inocente, y apenas logro sujetar el vaso que estaba sobre la barra. Delaney lo había tomado y estaba a punto de lanzarlo hacia la cabeza de la otra mujer.

"¡Oye!", le digo, y tomo las manos de Delaney en las mías. "¿De dónde sacaste eso?"

"Vamos a tu casa. ¡Este lugar me enferma!", dice.

Me encuentro apresurándome para salir, apretándola fuerte cerca de mí mientras bailamos de vuelta a la puerta. "Conseguiremos un taxi y llamaré a mi chofer para hacerle saber que tiene el resto de la noche libre".

"Si. Hazlo". Dice, mientras me mira a los ojos. "Tengo ganas de hacer una pijamada".

¡Santa Madre!

Un Festín de Otoño Libro 3
La Navidad de un Multimillonario

Por Kimberly Johanson

Capítulo 17
DELANEY

15 de noviembre:
Todo el viaje en taxi hasta la propiedad de Blaine es un es una imagen borrosa de sus manos y su boca sobre mi cuerpo, y era tanto el deseo, que tuve que contenerme de quitarme la ropa.
No sé qué me pasó. La estúpida bartender me encendió tanto con sus comentarios descarados hacia Blaine, que me llené de ira instantáneamente.
¡No puedo creer que le aventé un vaso!
Es difícil de imaginarlo, pero en realidad me estaba controlando bastante bien cuando le aventé el vaso vacío a la estúpida morena del demonio. Hubiese querido saltarme la barra y patearle el trasero.
¡Y yo no soy así!
En lo absoluto.
Así que tomé la decisión abrupta de tener sexo con Blaine Vanderbilt. Supongo que esa clase de reacción en la que

una mujer se tira a los brazos de un hombre resulta que hay mucha tensión sexual entre ambos, y que la mejor forma de superarla es, obviamente, teniendo sexo.

Sin ese peso sobre mí, podré seguir adelante y ser más normal. Puede que él esté en el hospital durante todo el feriado, y yo no puedo estar teniendo ataques de celos cada vez que las mujeres le hablen, ¡no sería nada profesional!

Así que, decidiendo permanecer en mi nivel de profesional, saldré de este lindo baño y entraré en el dormitorio de Blaine Vanderbilt, donde él me espera en su enorme cama tamaño King.

Mi corazón late aceleradamente y me doy un último vistazo en el espejo para saber si es esto lo que realmente deseo hacer. Me encuentro con mis ojos brillantes, con una mirada pícara, y una sonrisa que no puedo borrarme de los labios.

Sí, ¡definitivamente es algo que quiero hacer!

Que necesito hacer, en realidad. Ya hace más o menos un mes que no tengo sexo. La última vez fue con Paul, y no fue nada espectacular. Algo que dijo me afectó mucho. Aparentemente soy mandona en la cama, o algo así.

Yo tan sólo trataba de que él me hiciera las cosas que me complacen. No creo que eso sea necesariamente ser una mandona, pero así parece serlo, al menos en lo que al él concierne.

Alejándome un poco del tocador con bombillas de burbuja alrededor del espejo, sacudo mi cabello un poco para verme algo salvaje. Esta noche quiero estar por encima de las mejores.

¡Necesito estarlo!

Esta noche con Blaine es algo de una sola vez. Sacaré todo el provecho que pueda de esto pues no puedo permitirme más el lujo de tener sexo con él. Él es el enemigo de mi familia y yo sé que él volverá a sus andadas una vez que pase el luto por la muerte de su padre.

Tomo un trago de enjuague bucal para asegurarme que mi aliento huela a menta fresca, lo escupo, limpio el lavabo y....

Hey... ¿estás bien? Escucho decir a Blaine.

Por alguna razón, mi cuerpo se petrificó. No puedo ni hablar, ni moverme. Entonces toca la puerta y siento como si me fuera a desmayar. "Estoy bien." Logro decir.

"¿Quieres que hablemos?" me pregunta.

Casi me derrito con sus palabras. Es capaz de decidir hablar conmigo en vez de acostarse y tener sexo... eso es realmente tierno.

Dando un paso hacia la puerta, la abro y me lo encuentro ahí parado, vistiendo solo sus pantalones de pijama. Son negros con flores de loto en color gris por todos lados.

"Bonita pijama," le digo mientras la miro en vez de su ver su musculoso torso.

De reojo, puedo ver unas inmensas montañas y valles y me da miedo ver todo directamente. En el departamento de músculos, es verdaderamente impresionante.

Engancha uno de sus dedos en el tirante de mi sostén.

"Bonito conjunto de sostén y bragas, pero creo que ya te

había dicho antes algo referente a lo sexy de tu sostén.
"¿Estás nerviosa?"
"¿Yo?" pregunto en un tono de voz bastante alto.
"Si, tú, Delaney", me responde, con una sonrisa que puedo oír en su voz ya que no levanto la mirada para verlo. Entonces siento su mano en mi barbilla, levantando mi cara. Mis ojos se resbalan sobre sus abdominales, que tienen la estructura de una escalera. Suben hasta sus pectorales que se mueven mientras respira y aterrizan en su guapísima cara. Sus ojos cafés claro brillan mientras me mira.
"Supongo que piensas que estoy nerviosa porque me tomé mi tiempo para refrescarme".
"Para mí", dice mientras retira su mano de mi quijada. Pasa un dedo por mis labios, delineándolos. "Te tardaste alistándote para mí. ¿No es eso lo que quisiste decir?"
"Algo así, creo. Ya hace más de un mes, así que quería asegurarme que todo estaba nítido", digo, mientras siento que pasa el dedo por mis labios y lo introduce en mi boca, y yo lo chupo casi involuntariamente.
"Quiero que sepas que pienso que eres muy especial. Una mujer única. Quiero que sepas que esto no es cualquier cosa para mí. Puedes confiar en mí, Delaney". Saca el dedo de mi boca y pasa su mano por mi hombro y de repente me tiene en sus brazos, levantándome. "Yo puedo caminar".
"Yo quiero cargarte. Quiero que sepas que te respeto. Quiero que sepas que estás segura conmigo, ¿entiendes?" me pregunta, y luego me coloca en su cama, sobre sus sábanas blancas.

Descanso mi cabeza sobre una almohada negra esponjosa y lo veo mirar mi cabello, que está desplegado sobre la funda. "¿Piensas unirte a mí, Blaine?"

El asienta con la cabeza, pero permanece de pie. "Me encanta como luce tu cabello sobre la almohada negra." Me encanta como luce tu cuerpo tendido sobre mi cama. Creo que podría acostumbrarme a esto".

Y ahora da la media vuelta y se va, ¡y todo se pone muy extraño!

Capítulo 18
BLAINE

El contraste de los colores de su cabello y el color negro de mis almohadas hacen que mi corazón lata más rápido. Ella es hermosa y está aquí, en mi casa, y en mi cama. ¡No puedo creerlo!
"¿Podrías apagar la luz?" pregunta, mientras apunta con su mano a la lámpara que está en la mesita de noche.
"Creo que me gustaría verte un poco más, si no te molesta".
"Blaine, estás haciendo que todo esto luzca raro", me dice, y luego suspira. "¿No quieres mejor volver a lo que hacíamos durante el viaje hasta acá? Creo que las cosas progresarían por sí solas."
Me recuesto y apoyo mi cabeza sobre una mano y corro la otra sobre su estómago mientras la observo. "No hace

falta apresurar las cosas. Dime más acerca de ti, Delaney Richards. Dime cuál es tu color favorito".

Ella rueda sus ojos verdes mientras dice: "Verde. Así que vamos a conocernos un poco más, ¿eh? Entonces, dime cuál es tu color favorito, Blaine".

"El azul. Me gusta el azul obscuro. ¿Qué clase de carro manejas?"

"Un Honda".

"Qué clase de carro te gustaría manejar?" le pregunto mientras apenas rozo con la punta de mis dedos la parte expuesta de su pecho.

"Me gustaría manejar un Mercedes. Pero eso es solo un sueño. Supongo que tú has tenido todos los autos que has soñado". Su mano sube sobre mi brazo y la descansa sobre mis bíceps.

"Sí", respondo, y dejo que mi dedo se sumerja en el valle que yace entre sus robustos pechos. "Cuál es tu comida favorita? Así, como si estuvieras sentenciada a morir y fuera tu última comida, ¿qué pedirías?"

"Fácil. Pizza", responde. "De Domino's, la masa delgada con salchicha italiana, hongos y pimientos y una tonelada de queso mozarela. ¿Y tú?" Le da un buen apretón a mi bíceps, indicando que le gusta cómo se siente en su mano.

"¿Me prometes que no te reirás? Le pregunto, mientras que acaricio su cabello.

"Lo prometo, a menos que sea una verdadera locura", responde.

"Bueno, al menos eres sincera", le digo, y beso su frente.
"Mi comida favorita es la sopa de pollo con galletitas saladas".
"Tengo el presentimiento de que hay una razón oculta detrás de eso". Su mano es suave y la mueve sobre mi mejilla y me mira directamente a los ojos como si casi pudiera ver la razón, pero sin poder descifrarla.
"Es la única comida que yo recuerdo que mi mamá me preparaba. Supongo que fue una de las últimas cosas que hizo antes de dejarnos e irse al hospital. Recuerdo que uno de los primeros pensamientos que me vinieron a la mente cuando Papá nos dijo que Mamá no regresaría a casa, era que no volvería a probar su sopa otra vez".
"Yo te prepararé una sopa", me dice, y luego me jala hacia ella y me abraza fuertemente con sus pequeños brazos.
Escucho el latido de su corazón bajo mi oído y me siento caer. "¡Estoy cayendo demasiado rápido por ella!, ¡esto es una locura!
Acariciando sus brazos con mis manos, las coloco detrás de ella y desabrocho su sostén. Escucho su corazón latir más rápido y sonrío. Me muevo y retiro su sostén, y me encuentro viendo un par de hermosas tetas. "Que hermosura..."
"Gracias", me dice, mientras empuja mis pantalones de pijama por la cintura. "Y qué tal si te deshaces de estos?"
Rodando sobre la cama me levanto y primero le quito sus bragas. Mi pene se pone más duro tan solo de ver su cuerpo desnudo sobre mi cama, y sé que podría

acostumbrarme a esto demasiado rápido. "Tengo que decirte una vez más, Delaney, que eres hermosa".
Estirándome para apagar la luz como ella lo había pedido antes, me detengo cuando ella dice, "Déjala encendida. Quiero ver tu equipo".
"Ah, ¿te gusta?" deslizo mis pijamas y miro como ella me devora con sus grandes ojos mientras se muerde el labio inferior. Me hace un gesto para que yo me voltee y hago lo que me pide.
"Santo Dios, Blaine", dice con un gemido. "Debo decirte que eres una obra de arte".
"Anda, vamos. No estoy tan bueno", le digo, y me dejo caer sobre la cama, junto a ella.
"Sabes bien que si lo estás", me dice con una sonrisa.
"Lo puedo ver en tus ojos. Estás riquísimo, con un demonio. Y bien que lo sabes."
"Bueno, quizás estoy un poquito consciente de ello", le digo, y me apoyo sobre ella y la beso de la forma que quería hacerlo desde ya hace rato.
Sus manos se sienten sumamente suaves mientras se mueven sobre mis brazos y alrededor de mi cuello. Lentamente, me jala para que me suba sobre ella. Coloco tan solo la mitad de mi cuerpo sobre el de ella mientras la tomo en mis brazos y la beso como si ella fuera la persona más especial en este planeta.
Su cuerpo encaja perfectamente a mi lado y sus labios se complementan con los míos. Es como si ella hubiese sido hecha para mí. Todo sobre ella me intriga o me excita. Desde la curvatura de su trasero hasta el arco en

su labio superior. Todo sobre ella me llama la atención y me causa admiración.

Una de sus manos toca mi estómago en una caricia que va resbalándose lentamente hacia abajo. Siento como si cientos de agujas pincharan mi piel por la anticipación, hasta que tiene mi pene en su mano y lo corre de arriba hacia abajo mientras gime.

Ella no tiene ni idea de cuánto deseo estar dentro de ella ahora mismo, pero quiero que se sienta especial. Ella es del tipo de mujer que recuerda cada pequeña palabra que digas. Y más que decírselo, se lo demostraré.

Mientras mueve su mano de arriba para abajo por todo el largo de mi pene, poniéndolo más duro y más largo, bajo mi mano para meter mi dedo en ella sólo un poquito, para mojarlo, y luego muevo sus pliegues y encuentro su pequeño botón mágico.

Ella se arquea levemente hacia mí, mientras que gime y yo siento la vibración en mi boca, haciendo que mi lengua se estremezca. Ella es la cosa más sensual que yo haya tenido en mi cama. Y vaya si he tenido muchas con quien compararla.

Cientos de mujeres, unas que no me interesaron, otras que estuvieron aquí para darme placer y nada más. Mujeres que no significaron nada para mí.

Delaney Richards es la primera mujer por la que yo he sentido algo. Desde el primer momento que la vi, supe que algún día la tendría. Pero yo quiero mucho más que solo una noche con ella, así que le voy a mostrar por qué ella va a querer venir a casa conmigo todos los días después del trabajo. Voy a hacerla gritar pidiendo misericordia que no le daré hasta que la haya complacido en cualquier manera imaginable.

Su pezón se siente duro contra mi pecho. Ya la tengo lista, pero no le voy a dar todo lo que ella quiere aún. Mi boca deja la suya mientras voy besando su cuello. Ella mueve su mano en mi pene un poco más rápido, y entonces yo muevo mi mano para retirar la suya. Estoy a punto de demostrarle lo que se siente ser mía.

Haré que me ruegue hacerla mía y solamente mía.

Capítulo 19

DELANEY

¡Sé que no debería de estar haciendo esto!
Donde quiera que el hombre me toca, me estremece. Y ahora que está haciendo un camino de besos a lo largo de mi cuerpo, sé que estoy metida en esto hasta el cuello. Si su boca se siente tan bien en cualquier parte, sé que será sorprendente en mi clítoris.
"¡Ah!" grito, mientras que sus labios tocan mi pulsante clítoris. Aprieto la sábana en mis manos y la sujeto para no parar en el techo. Me arqueo con fuerza hacia él. ¡Estoy tan ardiente!
El emite un gemido fantástico mientras que me besa en mis partes más íntimas. Pareciera como que si le causara placer hacerme esto. La mayoría han visto esto como

una obligación, o como algo necesario para apurarme. Nadie lo ha hecho de la forma en la que él actúa.

Sus dedos aprietan mi trasero mientras que me levanta y me besa fuerte. Su lengua se mueve de arriba para abajo en mis pliegues y cada tercera o cuarta vez la deja deslizarse dentro de mí.

Mis piernas me tiemblan, nunca había sentido nada como esto.

¡Nada!

Comienzo a pensar que todos los otros hombres con los que he estado no sabían qué carajo hacían cuando me hicieron esto. Yo, la verdad, nunca sentí que mi cuerpo se desarmara como lo hace ahora.

Sus dientes me mordisquean tan solo un poquito y eso me hace gritar, "¡Blaine! ¡Por Dios!"

El continúa haciendo de mí un festín y yo no puedo parar de gemir mientras. Nunca antes me había sentido tan deliciosamente devorada. Odio el pensar que solo puedo permitir que esto pase tan solo una vez.

¡Maldición! ¿Por qué tenía que ser el enemigo?

Supongo que es a eso a lo que se refieren cuando dicen que el diablo te tienta. Este hombre me está tentando más que cualquier otro.

Sus manos se mueven en mi trasero. Una lo amasa fuerte y luego siento la otra moviéndose poco a poco más abajo.

¿Qué diablos se cree que está haciendo?

Siento sus dientes en mi clítoris, y luego pasa su lengua sobre él una y otra vez. Estoy al borde, tambaleándome, y luego siento algo nuevo. Algo ajeno. Algo que está pulsando en mi trasero y creo que es su dedo.

Esta nueva sensación envía una onda de calor a través mí como una erupción, y grito mientras alcanzo el clímax, "¡Sí! ¡Dios! ¡Blaine! ¡Sí!"
No puedo creer lo fantástico que esto se siente. Es como un sueño. ¡Un maravilloso sueño que no quiero que termine nunca!
Su beso se hace más lento, su dedo deja mi cuerpo que todavía tiembla con el estremecimiento del increíble orgasmo. Yo vibro, mientras que el sopla aire tibio sobre mi vagina haciendo que tiemble aún más, y me encuentro a punto de llorar.
Me cubre con besos suaves y luego retira su boca y yo abro mis ojos para encontrarlo viéndome. Su cabello está mojado y su cara está radiante. "Te gustó, ¿verdad?"
Yo solo puedo asentir con la cabeza y extender mis brazos para que venga hacia mí. El sacude su cabeza, se levanta y se para al lado de la cama. "De rodillas. Pon tu trasero aquí", me dice, mientras apunta hacia el lugar frente a él.
Yo le sonrío y obedezco. Nunca he tenido un hombre que me mande en la cama… o que me mande en general ¡Como que es algo muy emocionante!
El da un manotazo sobre mi trasero mientras me volteo frente a él y me aturde completamente. No tanto porque duela, sino porque me hace sentir una sensación que nunca había sentido.
Lo hace otra vez y siento más mojada que antes. Una vez más somata mi trasero y escucho el sonido de un vibrador. "¡No!" grito y volteo, para encontrarme con una cosa brillante y rosa en su mano. "¡Te quiero a ti!"

"¿Lo quieres ahora?" me pregunta y sacude su cabeza. "Voltea esa linda cabecita y déjame que te atienda. Me vas a tener cuando sea el momento indicado."

"¡Maldición Blaine! ¡Te quiero a ti! ¡Quiero sentirte a ti!" Su risa me hace enojar y de pronto siento la punta del vibrador tocar la parte exterior de mi ano y me asusto, al darme cuenta que mi cuerpo lo quiere. Hasta me muevo hacia atrás para que él lo meta tan rápido como sea posible.

Dejo escapar un gemido mientras que la tibia cosa vibradora entra en mi culo. No puedo ni creer lo delicioso que se siente. Nunca nadie había tan siquiera probado hacer tal cosa conmigo. Si me hubiesen preguntado si podían hacerlo, le hubiese dicho que de ninguna manera. Ni en un millón de años. Pero este no me preguntó, simplemente lo hizo.

¡Y cuanto me alegro de que lo haya hecho!

El mueve suavemente el endemoniado aparato dentro de mí mientras que con la otra mano acaricia mi nalga. Descubro que estoy gimiendo junto al sonido del vibrador, como si este hiciera alguna magia dentro mí. Mis ojos se cierran mientras que mi cuerpo es masajeado de una forma en la que nunca antes lo ha sido, y me transporto a otro mundo. Un mundo en el que nunca había estado antes. Me rodea pura felicidad, cuando de pronto una nalgada en mi trasero me trae de regreso ¡y luego siento una mordida!

¡Eso me va a dejar una marca!

El vibrador va más rápido. Parece que le subió uno o dos niveles. Se está poniendo caliente y se sacude dentro de

mí. Lo siento moverse hacia detrás mío y luego desliza su cabeza debajo de mí, con su cara hacia arriba. Lo sé porque siento su lengua introducirse en mí, sacándola y metiéndola mientras el vibrador entra una y otra vez por mi trasero.
"¡Ahh!" grito mientras me sacude otro orgasmo. "¡Blaine! ¡Maldición!"
No me da tregua. Sube el nivel del vibrador aún más y su lengua esparce toda la humedad que me sale. Es algo salvaje, algo que nunca había experimentado en mi vida. No puedo contener el orgasmo. Sigue y sigue hasta que él apaga la máquina, pero sigue chupándome como si fuera la cosa más deliciosa en el planeta. Sus dedos presionan la ahora suave carne de mi trasero mientras se levanta para poder llegar más profundo en mí con su lengua. Hace los mejores gemidos que yo haya escuchado jamás.
¡Profundos, guturales, deliciosos sonidos!
De pronto, su boca no está más ahí. El ya no está debajo de mí y yo me volteo sobre mi espalda jadeando como un corredor de maratón al final de una carrera de quinientas millas.
Él está parado al final de la cama, también jadeando fuertemente. "¿Necesito mostrarte más de lo que puedo hacer para hacerte feliz?"
Muevo mi cuerpo hacia arriba sobre la cama hasta que mi cabeza toca una almohada y descanso ahí. Meneo mi dedo y mi voz suena severa y grave cuando digo, "Te quiero a ti, Blaine. Te quiero dentro de mí, y te quiero ahora".

Tomo una bocanada de aire cuando el acaricia su pene que ha crecido aún más. Las venas resaltan a todo su largo. Ahora me doy cuenta de que esas no estaban ahí cuando puse por primera vez mis ojos en su magnífica pieza de anatomía masculina. Debiera de tener fotos de esa cosa en un museo de arte. ¡Es tan larga, gruesa y jugosa!

Tan jugosa, que está, de hecho, vertiendo pequeñas gotas de erótico jugo por la punta, y yo siento que mi boca se hace agua por probarla. Ruedo sobre la cama, me arrodillo, y gateo hacia él.

"Bueno, tal vez solo una probadita, y después te quiero dentro de mí. Quiero sentir que me expandes para que quepa tu enorme pene, Blaine".

Mi boca cubre su pene y sus manos van directo a mi cabeza, moviéndola, para asegurarse que yo lo reciba todo mientras que él emite el mejor sonido que haya escuchado en mi vida.

Capítulo 20

BLAINE

Ver la cabeza de Delaney moverse de atrás para adelante mientras me chupa, es lo mejor que he visto en mi vida. Y su boca es perfecta. Sus labios cubren sus dientes y corren de ida y de vuelta con una caliente y sedosa perfección.

Yo me mezo un poco para ayudarla en su esfuerzo y aún no puedo creer que ella me esté haciendo esto. Esto no estaba en mis planes. Yo planeaba concentrarme totalmente en ella esta noche. Mostrarle algunas de las cosas que puedo hacer para que su vida sexual sea mucho mejor de lo que ella pensaba, pero realmente parecía como que ella lo quería hacer, así que, ¿por qué frenarla? Siento un pequeño espasmo y suelto un poco de jugo para ella y la jalo del cabello para hacerla que pare antes de terminar en su boca, pero ella no quiere parar. Se

aferra a mis piernas y me chupa más fuerte. "Nena, estoy a punto de ahogarte".
Ella emite un gemido y sigue, así que parece que quiere el paquete completo, y yo me siento feliz por ello.
Cerrando mis ojos, dejo que me lleve hasta el límite y termino, gruñendo, con uno de los más fuertes orgasmos que haya tenido antes.
Puedo sentir como se lo traga todo y me hace sentir más caliente por ella. Con el último tirón saca lo que me queda, la jalo del cabello y la levanto hasta que está de rodillas frente a mí. La beso fuerte, sintiendo mi sabor en sus labios.
Ella sujeta mi nuca, reteniéndome hacia ella mientras nos saboreamos mutuamente en la boca. Es todo un barbarismo, y debo admitir que es lo más sensual que he sentido.
Empujándola sobre la cama, presiono mi pene duro contra sus húmedos y calientes labios vaginales. Sus piernas me abrazan mientras trata de menearse para que mi pene la penetre.
No se lo daré hasta saber que la tengo. Reteniendo sus hombros contra la cama, retiro mi boca de la de ella y la oigo protestar. "¿Qué haces, Blaine? Estoy ardiendo por ti".
"¿En serio lo estás? ¿Estás lista para saber lo que se siente pertenecerme?"
"¿Pertenecerte? Deja de ser tan malditamente dominante. Yo nunca le voy a pertenecer a nadie". Rueda sus ojos, y me doy cuenta de que no está tan cerca como yo pensaba.

"Tú ya eres mía, tu cuerpo lo sabe. Deja que tu boca me lo diga". Presiono mi pene contra ella, pero no lo meto. Ella está luchando por lograrlo. pero no la dejo que se mueva.

"¡Anda! ¡Vamos!"

"Necesito saber que no estarás con nadie más. Esto es por el bien de los otros, porque les cortaría la cabeza por ti, Delaney. Es importante que lo sepas antes que algo así suceda. Ese tal Doctor Paul, por ejemplo. Si te pone una sola mano encima, tendré que patearle el trasero. Además, ya sé que tu sientes lo mismo. Yo estaba ahí cuando le aventaste el vaso a la chica del bar, así que haznos el favor a ambos y di lo que quiero escuchar. Dime a quién perteneces".

"¡No! ¡No lo haré!" responde con necio orgullo.

"Pues yo tampoco. Pero te retendré así y te besaré hasta que estés tan frustrada que te sientas enloquecer", le digo, y me recuesto sobre ella y le doy un beso para que sepa que es en serio.

Su boca está lista y receptiva al igual que su cuerpo. Es sólo su mente la que la retiene. Pero creo que pronto su cuerpo vencerá a su mente y podremos llevar esta relación hacia adelante.

Después de unos minutos de tortura de besos, la miro y encuentro sus ojos cerrados y su mandíbula floja.

"Maldición, Blaine".

Le doy un pequeño empujón con mi pene, metiéndolo solamente como una pulgada, haciendo que ella explote en gemidos y la verdad es que, se me está haciendo difícil detenerme.

Pero yo también soy necio.

"Quiero ser el único hombre que haga esto contigo. ¿Es mucho pedir, Delaney? Te quiero para mí. Y tú puedes tenerme para ti. Es una situación donde ambos ganamos".

Sus ojos se abren y luce algo preocupada. "Eso sí me gustaría, creo. Eso sí lo puedo hacer. Si yo viera una mujer detrás de ti, creo que le sacaría los ojos. Entonces, sí. Podemos ser exclusivos".

"Entonces, déjame oírte decirlo".

"Bueno, tampoco te me pongas prehistórico con eso. Dije que podíamos ser exclusivos, pero no voy a decir que te pertenezco".

Yo suspiro, pues veo que por fin logré encontrar mi complemento. "¿Puedes decir que tu vagina me pertenece?"

Se esboza una sonrisa en sus rojos labios, hinchados de tanto besar. "Estoy segura de que eso sí es algo que puedo decir. Mi vagina está muy impresionada con tu trabajo hasta el momento".

"Bueno, entonces dime, nena. ¿A quién le pertenece esa panocha?"

"Te pertenece a ti," responde, y es como música para mis oídos.

"Así es. Me pertenece a mí. Ahora déjame mostrarte, porque estoy a punto de echarte a perder para cualquier otro hombre. Ninguno se comparará jamás conmigo".

Sus ojos se abren y se iluminan mientras la penetro. Una lágrima brota de su ojo derecho y corre por su mejilla.

"Blaine, esto se siente maravilloso. Se siente como nunca antes he sentido".

"Si, ¿verdad?" respondo, mientras que doy un empujón largo, notando como ella me queda como un guante.

Sube sus piernas, y descansa su tobillo en la parte baja de mi espalda mientras yo mezo nuestros cuerpos juntos, y se siente como si fuéramos una sola persona.

Nos vemos a los ojos mientras que la vuelvo a penetrar y veo algo en ellos que no estaba ahí antes. Rompí ese duro cascarón que tenía.

"¡Logré entrar a su corazón también!

Moviéndome suavemente, me tomo el tiempo que ella se merece. Su cuerpo está tembloroso y otra lágrima rueda por su cara. Sus labios se separan como si fuese a decir algo, y mejor se muerde el labio, como frenándose.

"En cambio, yo no puedo frenarme. "Creo que me estoy enamorando de ti, Delaney Richards".

Tres lágrimas más brotan, una tras la otra. Pero ella no dice nada. Doy un empujón profundo, su respiración sale como un soplido por su boca y la beso suave y dulcemente.

Su mano se mueve por mi cabello mientras que me devuelve el beso. No sé cómo va a acabar esto, pero no dejaré que pase un día sin que esta mujer sepa mis verdaderos sentimientos por ella.

¡Ni un maldito día!

Soltando su boca, la beso en la mejilla, saboreando la sal que dejaron sus lágrimas. El lóbulo de su oreja se siente suave en mis labios, y los presiono contra su oreja. "Eres mi nuevo hogar".

"Blaine", gime ella. "Tú también eres mi hogar".
Excelente, ¡parece que ya estamos en la misma página!

Capítulo 21

DELANEY

16 de noviembre:
Quedarme dormida en los brazos de Blaine me ha dado una sensación de seguridad que nunca antes había sentido. Y va a ser muy difícil decirle que, mientras que mi anatomía femenina le pertenece, porque, la verdad, él ha sido lo mejor que he tenido, y estoy segura de que también lo mejor que podré tener alguna vez, tengo que cuidar mi corazón. Él volverá a sus andadas. De eso estoy segura.
Pero mientras eso sucede, podemos seguir revolcándonos en las sábanas. Nada más que eso. ¡Solo sexo!
La alarma de mi teléfono móvil suena en mi cartera que está en el baño con mi ropa. El sonido hace que él se mueva y yo me zafo de su brazo que parece un tronco de árbol, y me levanto de la cama.

Mi primer paso me demuestra que me ha dado una tremenda cogida. ¡Apenas si puedo caminar!
Con pequeñas muecas de dolor, me dirijo despacio y logro llegar al baño. Saco mi móvil de mi cartera y silencio el leve sonido que hace, que me despierte cada mañana.
Mi sostén y mis bragas están en el dormitorio, y yo necesito irme a casa y alistarme para mi día. Solo que no tengo mi auto aquí… ni la más mínima idea de dónde es "aquí". Blaine me traía completamente ocupada en el viaje en taxi hasta acá.
Ni siquiera sé cómo luce su casa ya que me venía besando todo el camino hasta que llegamos a su dormitorio. Apuesto a que tiene una casa inmensa, como toda la gente súper rica.
"¡Mierda! Tendré que despertarlo".
Mientras enciendo la ducha decido que mejor me aseo, así solamente corro a mi casa, me pongo un uniforme limpio y me hago una cola de caballo ya que él perdió el elástico que lo sujetaba.
El agua caliente me está ayudando con el dolor, y cuando me pongo un poco de su champú en la palma de mi mano, siento el exquisito aroma, mucho mejor que cualquiera que yo haya usado. "Me he estado perdiendo de mucho al usar esa porquería barata que compro en la tienda", digo en alto sin pensarlo.
"De mucho", oigo que dice Blaine.
Limpio el vapor de la puerta de la ducha y veo que ya me encontró, y está abriendo la puerta para reunirse

conmigo. "Quieres pasar adelante?" me río y enjuago el champú de mi pelo.
"Te llevaré a casa para que te alistes para el trabajo y luego te llevo." Podemos llegar juntos esta mañana. Llamaré a mi oficina para avisarles", dice.
"Quizá eso se vea algo mal, Blaine. ¿Por qué no llegas un poquito más tarde? No quisiera que empezara el chismorreo tan pronto", le digo, mientras tomo el acondicionador.
Él lo toma de mi mano y vierte un poco en la suya, y luego lo soba en mi cabello. "Entonces debo de entender que no piensas decirle a nadie que tú y yo estamos juntos ahora".
"Bueno, es que es muy pronto. No quiero que nadie piense que soy una puta cazafortunas. No es nada personal, simplemente es el lugar donde trabajo", le digo, y veo que su ceño se relaja un poco.
"Bueno, yo estoy contigo todo el día y supongo que puedo entender a lo que te refieres. Pero aún eres intocable, ¿verdad?" me pregunta.
"¿Intocable?"
"Sí", dice, mientras que su mano se desliza en medio de mis piernas. "Esto todavía me pertenece".
Sé que me estoy sonrojando y tartamudeo, "Ehh…sí, si quieres".
Se me acerca y me presiona entre él y la pared. Sus labios tocan mi oreja. "Te quiero a ti, así que dime lo que quiero escuchar, nena." Su boca se siente caliente sobre mi cuello, y me parece increíble lo rápido que hace que mi interior tiemble y esté totalmente mojada por él.

"Es tu vagina, Blaine", le susurro, mientras que mis brazos abrazan su cuello y él me besa.

Su pene se empieza a endurecer contra mi estómago y siento las pulsaciones de mi vagina, necesitándolo.

Envuelvo mis piernas a su alrededor y él toma mis caderas y me mueve hasta que hunde su pene caliente y palpitante dentro de mí.

Yo dejo escapar un gemido con dolor, pues estoy tan resentida que no es nada agradable. Pero tan solo con unos cuantos empujones me tiene otra vez sintiendo puro placer, mientras se mueve para adelante y para atrás.

Su boca deja la mía y se mueve por mi cuello, donde mordisquea, lame, y chupa hasta que yo me vengo, gritando su nombre.

Siento lágrimas otra vez. Yo nunca he sido llevada al punto de derramar lágrimas por ningún hombre antes. Ni siquiera sé por qué demonios me pasa. Sus suaves besos llenan mi cara mientras sigue empujando. Mi orgasmo sigue, y cuando su calor me llena, mi cuerpo llega a temblar de deseo y éxtasis.

¡No puedo creer lo maravilloso que es el sexo con este hombre!

BLAINE

Me está robando la respiración mientras la veo peinar su cabello. "Déjame que te haga una trenza", le digo, mientras me paro detrás de ella. "Creo que te dejé unas cuantas marcas en este lado de tu cuello, pero pienso que una bonita trenza cayendo sobre tu hombro las cubriría".

Ella estira su largo cuello para verse en el espejo.

"¡Maldición! ¡Blaine!"

"Shh...yo puedo arreglarlo. Además, no están tan graves como las marcas que te dejé en tu trasero", le digo, mientras levanto la toalla en la que se envolvió y la volteo para que se mire en el espejo. "Es mejor que mantengas eso tapado también, si no quieres que nadie sepa lo que hicimos anoche".

Ella me da un golpe en mi hombro. "¡Eres terrible!"

"Así que terrible, ¿ehh?" le pregunto, y sobo su trasero con mi mano. "No te oí renegar anoche cuando te hice esas marcas, nena".

"Deja de molestar. Tengo que llegar al hospital para relevar a la enfermera del turno de la noche, y aún tenemos que pasar por mi casa para que me cambie de ropa". Me empuja y toma su ropa sucia.

"No, espera. Tengo ropa deportiva que puedes ponerte para llevarte a casa. Deja esas aquí. Mi sirvienta las lavará y estarán colgadas en mi closet para ti. Puedes dejarlas aquí con el conjunto de sostén y bragas. Creo que deberías de traer algunas de tus prendas, para que no tengamos que hacer esto cada mañana".

"Supongo que piensas que voy a hacer esto la mayoría de las noches, pero no. Quizá dos veces por semana", me dice, mientras se pone la ropa.

"Ya veremos", le digo, sabiendo bien que ella se pondrá más calenturienta de lo que cree. Ya lo verá.

Tomándola por la mano una vez vestida, la llevo a través de la casa hasta la cochera. "¡Mierda, Blaine, este lugar es enorme!"

Abro la puerta del vestidor hacia la cochera y veo su reacción cuando enciendo la luz. "Escoge tu carroza, princesa".

"Blaine, ¡por el amor de Dios! No puedo ni contar todos los autos que hay aquí. ¡Son demasiados!" Ella señala uno que está a tres autos de donde estamos. "¿Es ese el Bati-Movil?

"Sí, uno de ellos. No querrás escoger ese, ¿o sí? Llamará demasiado la atención. Pero si tú quieres, a mí me da igual.

"No. Yo quiero irme en ese discreto y medio normal BMW negro. Muchos doctores tienen autos como ese. No sobresaldremos en lo absoluto. Puedes llevarme hasta el estacionamiento donde yo dejé mi auto y saldré discretamente", dice, mientras caminamos hacia el auto de su elección.

"Está bien", digo, mientras abro su portezuela. No queremos que nadie empiece a chismear sobre nosotros." Una risita sigue a mis palabras y veo una frente fruncida en su linda cara mientras me mira desde su asiento en el coche.

"Te comportarás debidamente, ¿verdad?"

Yo asiento con la cabeza y no digo una sola palabra de mi plan de fastidiarla todo el día. ¡Esto va a ser divertido!

Capítulo 22

DELANEY

"¿Te lastimaste algo, Enfermera Richards?", me pregunta Becky, la enfermera a cargo, mientras pongo mi cartera detrás del escritorio y dejo escapar un gemido al agacharme para ponerla detrás de otra que ya estaba ahí.
"Mi espalda", le miento. "Moviendo unos muebles en mi apartamento". No sé qué se me metió anoche que me puse a reorganizar mi sala."
"Tal vez estabas tratando de liberar un poco de la frustración sexual reprimida después de pasarte el día entero con ese monumento sensual de hombre el día de ayer", me dice, dejándome congelada. "¿Crees que regresará hoy, o habrá sido demasiado para él?"
"Yo creo que hoy regresa. Eso es lo que dijo", respondo, y me volteo alejándome de ella para comenzar mis rondas.

Ella me detiene y me pregunta: "¿No te fuiste con él ayer?" Al menos eso es lo que Matilda, la de la tienda de regalos dijo. Dijo que te vio irte con él en su Suburban".
"¡Mierda!"
Me volteo y pienso rápido. "Insistió en que su chofer me llevara hasta mi coche en el estacionamiento de atrás. Es todo un caballero". ¡Excepto cuando es un animal en la cama!
Un torrente se mueve dentro de mí mientras recuerdo la forma en que sometía mi trasero hasta que me dolía, de la manera más deliciosa.
"Ah, ya veo. Ya decía yo que me parecía raro. Tú no eres ese tipo de chica después de todo", me dice.
"No, yo no", digo, y salgo disparada alejándome de ella antes de que empiece a sudar.
Revisando a Tammy primero, la encuentro con su mamá y me alegro de verla sonreír mientras entro en la habitación. Hace tiempo que no veo a esta niña sonreír.
"Buenos días. Te ves fabulosa, Tammy".
"Gracias, Enfermera Richards. Mi mamá me ayudó a tomar una ducha esta mañana y me maquilló un poco. ¿Te gusta mi nueva sudadera? Mami me la compró. Pienso que está linda".
"Yo también. Me encanta el color rosa. Te ves preciosa, Tammy. Déjame revisar tus signos vitales rapidito antes de que llegue tu desayuno esta mañana", digo, y veo que Patsy luce un poco cansada. "¿Cómo durmió, Patsy?"
"Este lugar es muy activo desde bien temprano. Pero ya me acostumbraré", ella retira un mechón de su cabello y me hace pensar.

"Sabe, este es el mejor momento para que corra a casa, se dé un baño y descanse para regresar antes del almuerzo. Yo cuidaré de nuestra niña mientras se va, no se preocupe".

Por la manera en que me mira, se nota que está agradecida. Asiente con la cabeza y luego pregunta: "Tammy, ¿te parece bien, nena?"

"Si, Mami. Por favor ve, date un baño y tomate una siesta si la necesitas. Yo me alegro de que ahora vas a estar aquí más tiempo y de que compartirás las noches conmigo, pero entiendo que necesitas tiempo para poner tus cosas en orden. Anda, yo estaré bien".

"Eres una niña maravillosa", le dice su madre mientras acaricia su hombro. "Regresaré en un par de horas." Luego me mira y agrega: "Gracias por todo, Enfermera Richards. Usted es un regalo directo de Dios".

"No, el Sr. Vanderbilt lo es. Le dejé saber acerca de Tammy y él tomó la iniciativa de hacer lo que hizo. No puede darme el mérito a mí.".

"Me aseguraré de agradecerle. Es un hombre tan agradable. ¿Es casado?" pregunta, haciendo que los bellos de mi cuello se ericen.

"No", le digo, y finjo que no me importa que haya preguntado eso, pero sí me importa. Me importa mucho. "¿Por qué lo pregunta?" agrego.

"Ah, por ninguna razón. Simplemente es tan agradable y dulce, y además es un hombre muy guapo, como para no estar acompañado. Es un buen partido, eso es todo".

"Sí, seguro que lo es. Pero usted trabaja para él ahora, por lo que cualquier coqueteo podría ser considerado un acoso sexual y podría costarle su nuevo empleo, así que es mejor que mantenga eso en la mente", digo, haciendo lo posible para que ella no logre ver que mis celos descabellados se me están chorreando por toda la piel.

"No había pensado en eso", me dice. "Gracias por mencionármelo antes de que meta la pata. Bueno, las veo después. Te amo, nena".

Ella se va y miro a Tammy viéndola irse. "Sabes, mi Mami ha estado sola por un par de años. Su último novio era un hombre terrible. Le pegó por lo menos dos veces. Le caería bien un buen hombre, y el Sr. Vanderbilt es bueno".

¡No, ella también!

"Pero tu mami tiene que cuidar su nuevo empleo. Ahora que tiene un nuevo trabajo en vez de estar de mesera, seguro que encontrará un hombre excelente. Estoy segura de que así será. Ya verás, su autoestima subirá y con eso los buenos hombres la voltearán a ver. No te preocupes".

"Sr. Vanderbilt, puede venir conmigo hoy", escucho que dice una voz de mujer desde el pasillo.

"Tengo que irme", digo y salgo de prisa de la habitación para ver quien carajos está tratando de arrebatármelo ahora.

Al abrir la puerta y salir al pasillo, veo a Blaine dándome la espalda mientras que la enfermera Amanda 'Puta del demonio' Jones llega hacia él, deslizando los pies.

"Escuché por ahí que necesita una asistente. Seguro que la enfermera Richards le expresó su desinterés por ayudarle, así que aquí estoy yo para llevarle a las rondas hoy".

"¿Quién diablos dijo eso?" pregunto llegando detrás de él, y haciendo que Blaine gire con una expresión de sorpresa en su hermosa cara.

"¿Dijiste que no estabas interesada en ayudarme?" pregunta él. "Para nada", respondo, mientras que volteo a ver a Amanda. "Yo me encargo de él, enfermera Jones. Tú sigue con tus asuntos. Ya hicimos planes desde ayer sobre los niños que él quiere ver hoy. Yo lo estaré ayudando todo el tiempo que él esté visitando nuestros niños".

"¿De veras quieres eso?" ella le pregunta a Blaine.

Él se voltea hacia ella y pregunta, "Seguro, ¿por qué no iba a quererlo?"

Ella sacude la cabeza. "Porque ella es medio sangrona".

"¡Hey!" digo, y trato de pasar por el lado de Blaine, que a su vez toma mi brazo.

"Bueno, es que en realidad lo eres", dice ella, mientras da un paso hacia atrás. "Yo hasta te escuché que estabas molesta porque tenías que dejar que él te estuviera siguiendo todo el día de ayer. Más bien pensé que te estaba haciendo un favor. En fin, con permiso", dice molesta y se voltea para seguir su camino.

"Pues no, yo seré su asistente", le grito.

Blaine sonríe mientras me mira. "Necesitas relajarte, enfermera Richards. La gente puede sacar conclusiones erróneas sobre nosotros."

¡Mi maldito carácter! Tiene toda la razón.

"Está bien", le digo y tomo aire. "Vamos a ver a Colby primero, ya que Terry te lo pidió".

"¿Ya has visto a alguien?", me pregunta, mientras caminamos uno al lado del otro por el pasillo. Saca algo de su bolsillo y me lo ofrece. "Pensé que te podrían ser útiles. Estas caminando algo chistosa".

Extiendo mi mano y me da un par de pastillas para los dolores menstruales. "¿Paraste a comprármelas?"

"Si. De esa forma no estarás tan molida y tiesa. Podemos pasar por la cafetería rapidito y tomar una dona y un jugo de manzana para que comas algo y te las tomes".

Yo me aguanto un "ayyy que lindooo", pues es una de las cosas más lindas que un hombre haya hecho por mí.

"Fuiste muy amable."

"Ya lo sé. Estoy aprendiendo a ser un chico bueno, y tú me lo haces fácil".

Sus dedos pasan por mis caderas por tan solo un momento y cuando se retiran, ya los extraño.

¡No va a estar nada fácil disimular el día de hoy!

Capítulo 23

BLAINE

Al salir de la habitación de Colby, después de descubrir lo que lo haría sentirse mejor y lidiar mejor con su padecimiento de Leucemia, ya tengo el primer artículo para mi lista de regalos para los niños de hoy. Es una guitarra eléctrica y tengo que conseguirle unos audífonos para que no lo boten del hospital por hacer escándalos. Delaney va apenas a un paso frente a mí mientras nos apresuramos para ver al siguiente chico. Voy buscando en mi teléfono móvil dónde podré conseguir lo que pidió.
"Delaney, te necesito", escucho decir a un hombre y dejo de buscar guitarras y volteo a ver al Doctor Paul tomando a mi hembra por el brazo, reteniéndola.
Yo también me detengo y espero a ver de qué hablan.
Delaney me mira sobre su hombro con una mirada de

venado encandilado por las luces de un auto, lo cual me parece fascinante.
¡Veamos cómo maneja esta situación!
"¿Por qué?" pregunta ella.
"Necesito acompañante para el día de Acción de Gracias. Mis padres insisten en que lleve a alguien y tú le caes bien a mi mamá", le dice, y asiente con la cabeza dirigiéndose a mí. "¿Cómo se encuentra hoy, Sr. Vanderbilt?"
"Excelente, ayer tuve muy buen día aquí, seguido por una excelente noche. No me puedo quejar ni un poquito", le digo, mientras espero a ver cómo sale de ésta Delaney.
"¿Es en la tarde o en la noche?" pregunta ella, haciendo que yo tiemble por dentro. Si se cree que ella va a ir con él de visita con su familia, ¡le espera una buena!
"En la noche", responde él y mueve su mano para acariciarle la mejilla con sus nudillos, mientras yo me pongo tenso por dentro.
Ella da un paso atrás y sacude su cabeza. "Entonces no puedo, lo siento. Verás, soy la asistente del Sr. Vanderbilt y él desea hacerles una cena de Acción de Gracias a los niños por la noche. Durante el día él estará con su hermano y hermana para comer juntos".
Entonces ahora soy yo el que tiene la papa caliente y Paul me voltea a ver. "¿No puede intercambiar las cosas Sr. Vanderbilt? Podría hacer el almuerzo con los niños aquí y tener una bonita cena de Acción de Gracias con su familia en la noche, así ella podría ir conmigo."
¡Ni lo sueñes viejo!

No, no puedo. Mi hermana ya invitó a alguien y tienen que trabajar en la noche". Lo siento, tal vez el próximo año", le respondo, y observo como frunce la frente.
"Pero seguramente alguna otra enfermera lo puede ayudar ese día. Consíguele a alguien más Delaney", le digo, alcanzándola de nuevo.
"Te necesito, en serio. Sabes que, de otra manera, no estaría rogándote así".
Ella retrocede otro paso más para evitar que la toque.
"Paul, no puedo hacer eso. Fin de la discusión. Tenemos miles de cosas que hacer hoy y esto nos está quitando el tiempo y retrasando. Pídele a alguien más que vaya contigo. Además, ya te dije que tú y yo terminamos".
Se estira y toma mi mano. "Vamos Sr. Vanderbilt, tenemos tres pacientes más que ver antes del almuerzo."
Me jala detrás de ella mientras Paul la observa con los labios apretados.
Me espero hasta que estemos a buena distancia para que no nos pueda escuchar y susurro, "Se nota que no está contento".
"Ya sé. Estoy segura de que se le pasará", me dice, y se voltea abruptamente y toca en otra puerta.
 "Megan, ¿podemos pasar?"
"Si, señora", responde una niña.
Mientras entramos, me impacta ver la cantidad de sondas que hay conectadas a la niña. "Hola", le digo, acercándome a su cama, de la cual, es obvio que no puede levantarse. "Yo soy Blaine y vine a hacerte realidad algunos de tus sueños, princesa".

Tiene un pequeño moño rosado pegado con cinta adhesiva a su calva cabecita. Sus ojos verdes son tan claros, que casi lucen transparentes. Apostaría que no tiene más de 6 añitos.

"¿Mis sueños?", pregunta, mientras me observa desde su cama.

"Si, tus sueños", le digo, y me siento a un lado de la cama. Suavemente, le acaricio el hombro y paso mi mano sobre su frente. "¿Cómo te sientes?" Su cabeza se siente caliente y sus mejillas están rojas mientras que el resto es tan pálido que parece irreal.

"No muy bien", responde.

Me volteo y miro a Delaney ocupada revisando las máquinas. "Está un poco caliente, Enfermera Richards". "Déjeme tomarle la temperatura", me dice, y se apresura a colocarle el termómetro en la boca.

No toma más de un momento para que empiece a sonar. "Tienes fiebre, preciosa", le digo, mientras que Delaney retira el termómetro y lo revisa.

"Treinta y ocho. Voy a llamar a la Dra. Jensen, ella está hoy aquí". Presionando el botón para llamar a la estación de enfermeras que está al lado de la cama, pone todo en movimiento para que la doctora haga de esta niña enferma una prioridad.

Me siento en la cama y con mi mano acaricio su delgado brazo. Nunca había visto a alguien tan pequeño y frágil. Me duele saber que los niños puedan enfermarse así.

El recuerdo de las primeras semanas cuando mamá ya no regresó a casa permanece en mi mente. Recuerdo haberle preguntado a Papá si habría alguna posibilidad de que ella regresara a casa. Se lo preguntaba casi a diario, y en muchas ocasiones yo rezaba porque ella entrara por la puerta.

Pero sucedió todo lo contrario, y empecé a cuestionarme si en realidad existía un Dios. Y si existía, ¿por qué habría de quitarles la mamá a tres niñitos? La necesitábamos, y él nos la quitó.

Veo a esta pobre y dulce niña y me pregunto, ¿qué ha hecho ella para merecer esto? ¿Por qué se le puso esta gran carga sobre sus diminutos hombros? ¿Qué clase de dios haría algo así?

Después de pasar un trago amargo por mi garganta, le pregunto, "Me gustaría traerte algo que te ayudara a pasarla mejor. ¿Qué juguete te gustaría? Puedes pedir cualquier cosa en el mundo".

"He estado deseando una tableta. No puedo sentarme y ver televisión, así que podría usarla para ver caricaturas. Me gustaba mucho ver caricaturas antes de que me enfermara y tuviera que venir aquí." La puerta se abre y sus ojitos ven hacia ella. "¡Hola Papi!"

"Hola, mi amor, ¿cómo está mi nena? Pregunta volteando a ver a Delaney.

"Tiene fiebre. En un momento vendrá una doctora a revisarla".

"Él es Blaine, Papi", dice Megan, señalándome. "Dice que me va a comprar una tableta".

"Y eso ¿por qué?" me pregunta, frunciendo la frente.

Me levanto y le doy un apretón de manos. "Hola, yo soy Blaine Vanderbilt. Estoy pasando los días festivos aquí

con los niños de esta sala y tratando de hacer de su
estadía un poco más placentera trayéndoles regalos".
"Que bien, pero los aparatos electrónicos son artículos
que no les permitimos tener a nuestros hijos", me dice.
"Papi, por favor. Estoy tan cansada de estar acostada en
esta cama sin nada que hacer", reniega la niña.
Sus palabras son agudas, "¡Dije que no!"
¡Qué hijo de puta!

Capítulo 24

DELANEY

24 De noviembre:
Parada en el pasillo, esperando a que Blaine se reúna conmigo frente a la cafetería donde tiene a todo el personal de uno de los restaurantes del área trabajando para preparar y servir el festín del día de Acción de Gracias a los niños y sus familias, me siento como una tonta.
Él decidió que sería apropiado que usáramos disfraces para esta ocasión festiva. Me consiguió un disfraz de pavo y me siento bastante ridícula. Y ni siquiera sé de qué vendrá disfrazado él. Será una sorpresa.
Hemos pasado todas las noches juntos, desde la primera noche. Cada mañana le digo que no me quedaré esa noche. Sin embargo, al final del día, me encuentro deseando a este hombre otra vez.

Pero me doy cuenta de que se está volviendo algo impaciente conmigo. Todavía creo que no es buena idea que se sepan de nuestra relación. Aun así, ya he escuchado uno que otro sobre nosotros.

El ruido de un hombre aclarándose la garganta me hace voltear y veo a Blaine vestido como un guapo peregrino mientras yo me veo como una idiota. "¡Blaine!, ¡No es justo! Parezco una tonta. ¿Por qué tú puedes ser eso y yo soy esto?"

"Me parece que te ves adorable", me dice. "Dame tu ala y vamos a saludar a nuestros invitados, mi pavita."

Con un resoplido, camino para alejarme de él… ¡caminando como pavo!

Él se apresura para alcanzarme y se ríe. "¡Cállate!" le digo entre dientes.

"Buenas noches, damas y caballeros," saluda al salón lleno de gente. "Me complace tenerlos a todos hoy aquí para este festín. Y sin más que agregar, ¡que sirvan la comida!"

Los invitados aclaman mientras que los meseros empiezan a traer la comida. Blaine y yo nos separamos para relacionarnos con los pacientes y sus familias. Lo veo pasar por la mesa donde está sentada la familia de Megan. El odia al padre, el Sr. Sanders.

La pobre niña ni siquiera puede estar con ellos por estar posada en esa cama. Blaine ofreció ponerles una mesa en la habitación para que les sirvieran ahí, y fue el padre quien dijo que no lo hicieran. Es un hombre muy estricto.

Tuve que sacar a Blaine de la habitación cuando rechazó la oferta. Sus motivos fueron que él no creía en consentir a los niños. Ninguno recibe ningún trato especial en ningún momento. Si se hacían cambios para Megan, él decía que eso era consentirla.

He visto que el progreso de Blaine va más lento. Lo que iba rápido ha disminuido a la velocidad de la miel en un día frío. Me ha preguntado varias veces por qué es que los niños tienen que pasar por esas cosas tan horribles. No tengo palabras que decirle. Las cosas de esa naturaleza no tienen explicación. Nunca le digo que es el plan de Dios, ya que me di cuenta de que tiene un problema con lo que respecta a Dios.

De hecho, le preguntaron si quería decir unas palabras de bendición por la comida esta noche y no quiso. No sé si el ver toda esta tragedia es algo que su pobre espíritu pueda soportar. Pareciera más bien como que sus sentimientos sobre algunas cosas se estuviesen fortaleciendo. Pareciera mostrarle que vivimos en un mundo que carece de una presencia Divina, o que no es algo que le importe.

Después de saludar a Tammy y a su mamá, miro a Blaine con un plato en la mano, caminando hacia la puerta. Luego miro al papá de Megan levantarse y caminar en la misma dirección. Ya me veo venir una discusión y me apuro lo más que mi maldito disfraz me permite, para poder intervenir.

"¿A dónde va con eso?" escucho gritar al padre.

¡Mierda!

Blaine se detiene y se voltea. "A la habitación de su hija."

"Creo que no", dice el papá, y veo la mirada de Blaine que no es nada buena.

Logro llegar donde están y me las arreglo para que se muevan lejos de la cafetería hasta el pasillo antes de que alguien se dé cuenta. "Shh", les digo. Jalando a ambos por el brazo los llevo al doblar de la esquina. "¿Cuál es el problema aquí?"

"Que él le está llevando eso a Megan. No creo que ésta comida sea buena para ella. Ella está bajo una dieta estricta y éste hombre parece no entenderlo", dice.

"Esto fue preparado especialmente para ella por el nutricionista, Sr. Sanders", le dice Blaine y levanta el domo plateado de encima del plato, mostrando una sola rodaja de carne blanca de pavo, las judías verdes y un poquito de arroz.

"Ese plato está bien para que ella lo coma," le digo y hago una señal a Blaine con la cabeza y él lo vuelve a cubrir.

"Pero eso significaría que ella estaría recibiendo un trato especial. No queremos que ella se crea que es más importante que ninguno de nuestros otros cuatro hijos. Así que le repito, no quiero que ella reciba eso. Es más, sáquela de su lista de niños a los que quiere malcriar con sus cosas materiales, Sr. Vanderbilt".

"¿Y qué tal si solo le doy mi compañía?" pregunta Blaine.

"Prefiero que se mantenga alejado de ella. Es más, se lo exijo", dice el Sr. Sanders y me mira a mí. "Asegúrese que así sea o me encargaré de eso yo mismo. Y si lo hago yo, no será nada agradable". Luego se voltea y se aleja de nosotros.

Blaine no espera a que el hombre se aleje lo suficiente y dice, "Ese tipo es un completo comemierda." Afortunadamente, el hombre siguió caminando. Me imagino que, con la forma tan estricta de hacer las cosas, ya está acostumbrado a que se refieran a él con insultos. Y después de todo, en realidad sí es un comemierda.
"Vamos Blaine. No hay nada que podamos hacer. Mejor disfrutemos de los niños que sí podemos tener". Trato de tomar su mano, pero mis plumas se meten en el camino, así que solo doy un resoplido y comienzo a caminar.
"Vamos. Carajo, odio este traje".
"Y yo odio a ese comemierda. Creo que necesita unos ajustes", murmura mientras me sigue. "Creo que podría hacer que eso sucediera".
Me volteo y lo miro para saber si habla en serio. "Blaine, ¿qué quisiste decir?"
"Nada. No te preocupes. Mejor dejo el asunto en paz. Como me lo has dicho más de mil veces desde que llegué aquí, no hay nada que yo pueda hacer para cambiar nada de esto. Ni siquiera sé qué demonios hago aquí, tratando de aparentar que la vida puede ser excelente. Para algunos, supongo que puede serlo, pero no para todos". Justo lo que me temía. Parece que el viejo Blaine, con su corazón cubierto por un escudo protector y sus obscuros puntos de vista sobre la humanidad, está resurgiendo a la superficie. "Blaine, vamos a divertirnos. Y luego nos vamos a tu casa y nadamos desnudos un rato. ¿Qué te parece?"
"No gracias. Creo que quiero estar sólo esta noche. No me siento bien como para tener compañía", me dice

mientras pasa por mi lado y entra en la cafetería. Vamos a acabar con toda esta mierda. Sólo puedo mantener esta falsa sonrisa en mi cara por un rato más".
¡Esto no está nada bien!

TODOS LOS DERECHOS RESERVADOS.

Ninguna parte de esta publicación puede reproducirse o transmitirse de ninguna forma, ya sea electrónica o mecánica, incluidas las fotocopias, grabaciones o cualquier sistema de almacenamiento o recuperación de información sin el permiso expreso por escrito, fechado y firmado del autor.

DESCARGO DE RESPONSABILIDAD Y / O AVISOS LEGALES:

Se han hecho todos los esfuerzos para representar con precisión este libro y su potencial. Los resultados varían con cada individuo, y sus resultados pueden o no ser diferentes de los representados. No se han hecho promesas, garantías o garantías, ya sean explícitas o implícitas, de que usted producirá un resultado específico de este libro. Sus esfuerzos son individuales y únicos, y pueden variar de los que se muestran. Su éxito depende de sus esfuerzos, antecedentes y motivación.

El material de esta publicación se proporciona únicamente con fines educativos e informativos y no pretende ser un consejo médico. La información contenida en este libro no debe usarse para diagnosticar o tratar ninguna enfermedad, trastorno metabólico, enfermedad o problema de salud. Siempre consulte a su médico o proveedor de atención médica antes de comenzar cualquier programa de nutrición o ejercicio. El uso de los programas, consejos e información contenidos en este libro es bajo la única opción y riesgo del lector.

www.ingramcontent.com/pod-product-compliance
Lightning Source LLC
LaVergne TN
LVHW011711060526
838200LV00051B/2863